Annette G. Krupka

Verschwunden

18 Fall um Katherina "Kate" Schulz

Impressum

© 2023 Annette Krupka
Herstellung und Verlag: BoD – Books on Demand, Norderstedt
ISBN: 9783757814441

Das Buch

Der bekannte Autor Fred D. Walther will in Plauen einige Lesungen geben. Sein Management konsultiert Schulz Security mit dem Auftrag, die Lesungen abzusichern, denn Walther selbst als auch seine Bücher sind nicht unumstritten.

Da verschwindet plötzlich Maximilian Krause, Journalist der Freien Plauener Stimme. War er wieder einmal einer brisanten Story auf der Spur?

Plötzlich fehlt auch von Fred D. Walther nach einer Lesung jedes Lebenszeichen. Das Management ist erst einmal nicht beunruhigt, gilt Walther doch als nicht sehr zuverlässiger Exzentriker. Aber ist es dieses Mal mehr als nur eine Marotte? Dann überschlagen sich plötzlich die Ereignisse.

Kapitel 1

So einen herrlichen Spätsommertag konnte Kate einfach nicht ungenutzt lassen, deshalb verabschiedete sie sich bereits am frühen Nachmittag aus dem Büro. „Ich kläre den Einsatz mit Matt gleich selbst", sagte sie, als sie zum Abschied ihren Kopf bei ihrem Stellvertreter Chris um die Ecke in sein Zimmer steckte. Der hielt sein Telefon hoch. „Hätte ich auch erledigt, aber gut."

Sie nickte ihm zu und wollte schon die Tür schließen, als Chris sagte: „Ich verwette mein bestes Hemd, dass du dich jetzt auf den Weg nach Syrau machst."

Kate musste lachen. „Brauchst du nicht, ist so. Ich will Lohengrin richtig durchbewegen, das gefällt ihm. Also tschüss."

Kurze Zeit später fuhr sie, die Autofenster heruntergelassen, Richtung Syrau zum Gestüt, das der ermordeten Karla von Mauersbergen gehört hatte und jetzt weiterhin kompetent von ihrer früheren Miteigentümerin Pia Krasnitz allein betrieben wurde.

Diese begrüßte sie schon im Hof. „Ich habe Lohengrin schon satteln lassen, dass du keine Zeit verlierst."

Kate lächelte. „Du bist die Beste. Ich ziehe mich nur schnell um."

Keine Viertelstunde später trabte Kate langsam vom Hof und bog auf einen Feldweg ein.

Das Pferd hob den Kopf und Kate streichelte es sanft

über den schlanken Hals.

„Ja und jetzt geht's los", sagte sie und im Galopp ging es querfeldein.

Kate ließ Lohengrin langsam austraben, als sie auf die schmale Straße einbogen, die hier endete. Noch gut erinnerte sie sich an die Schneemassen, die hier alles bedeckt hatten, als sie damals in einem ganz ungewöhnlichen Fall um die Zeit der Rauhnächte ermittelt hatten.

Jetzt grünte hier alles üppig, zumal es in diesem Jahr öfter geregnet hatte und nicht wieder alles staubtrocken war.

Am ersten Haus sah sie einen Mann mit bloßem Oberkörper stehen, der in rhythmischen Bewegungen eine gigantische Axt schwang und scheinbar mühelos dicke Holzklötze zerteilte, während eine ältere Frau diese aufschichtete. Kate ließ sich aus dem Sattel gleiten und führte das Pferd die letzten Meter heran.

„Na, da kann der Winter ja kommen", rief sie und der junge Mann stellte die Axt ab, während die Frau sich umwandte.

„Hoffentlich nicht so bald, aber sicher ist sicher."

Sie lächelte breit und öffnete das Gartentor, um Kate zu umarmen. Inzwischen war der junge Mann herangeeilt und nahm Kate die Zügel ab. Etwas verwirrt sah er seine Chefin an.

„Habe ich den Dienst verschwitzt oder willst du im Haus nach dem Rechten sehen?", fragte Mattew „Matt" Fisher, ein Ex-Marine und Scharfschütze, der seit einiger Zeit bei Kate im Bereich Personenschutz

7

arbeitete und nach der Trennung von seiner deutschen Freundin jetzt auch Mieter in Kates Haus war, das diese von der Mutter der verstorbenen Vorbesitzerin gekauft hatte.

„Weder noch", sagte sie und sah, wie geübt Matt das Pferd absattelte und abrieb. Inzwischen war seine Nachbarin, Jutta Günter, in ihr Haus geeilt und brachte für Kate ein großes Glas Limonade und einen Eimer mit Wasser für Lohengrin.

Kate ging in den üppig blühenden Vorgarten und setzte sich auf eine blau gestrichene Gartenbank.

„Ich wusste gar nicht, dass du so einen grünen Daumen hast?", sagte sie, nachdem Matt Lohengrin hinter das Haus auf die Wiese geführt hatte.

Der grinste sie breit an. „Habe ich auch nicht. Jutta hat sich meiner erbarmt. Sie meinte, wenn das alles so verkrautet aussieht, schmeißt du mich noch auf die Straße."

Kate lachte auf. „Dachte ich es mir doch", sagte sie und warf Jutta Günter einen Blick zu.

Die winkte ab. „Ach was, das ist doch ein gegenseitiges Geben und Nehmen. Was Matt mir schon im Haus geholfen hat, da ist das bissel Gartenarbeit doch gar nichts."

Kate lehnte sich zurück und nippte an der eiskalten Kräuterlimonade. Sie war froh, dass Matt und Jutta sich so gut verstanden, hatte Letztere doch nach dem plötzlichen Tod ihrer jungen Nachbarin befürchtet, das Haus könne in Hände geraten, die sich mit ihr, die sich selbst als Hexe und Medium bezeichnete,

8

nicht verstanden.

Das Kate schließlich das Haus gekauft hatte, war nicht nur ein Glücksgriff gewesen, auch die Vermietung an Matt war es.

Schließlich kam Kate doch zum Zweck ihres Besuches. „Matt, ich weiß, du hast noch zwei Tage Urlaub, aber…"

„Ich hatte dir gesagt, du kannst mich jederzeit anrufen", sagte dieser, der sich gerade ein T-Shirt überzog.

Kate nickte. „Ja und du weißt, dass ich das nicht gern mache. Ihr braucht alle eure Auszeit, aber ich brauchte kurzfristig jemand für einen, nun sagen wir mal, etwas anspruchsvollen Klienten."

Matt hatte sich neben sie gesetzt und Jutta kam gerade aus ihrem Haus, auch für ihn ein Glas Kräuterlimonade in der Hand.

„Sein Management hat uns erst kurzfristig informiert, scheinbar gibt es einige Drohungen gegen ihn, weil er hier Lesungen halten will und…"

„Sprichst du etwa von diesem Walther?", fiel ihr Jutta ins Wort, die gerade Matt das Glas reichte.

Kate sah sie verwirrt an. „Ja, Fred D. Walther. Also mir sagt der nichts."

„Dann solltest du dir einmal seine Bücher ansehen, blutrünstig bis zur Abnormität, frauenfeindlich und sexistisch. Einfach abstoßend und so etwas gilt als Bestautor. Aber am schlimmsten ist er selbst, du solltest seine Auftritte sehen. Widerlich."

Sie schüttelte angewidert den Kopf und reichte Matt

sein Glas.

„Scheinbar hat er eine Menge Fans, besonders weibliche", entgegnete Kate und Jutta schnaubte, während sie sich neben sie setzte.

„Da weißt du ja, wie es um unsere Kultur bestellt ist. Ein Land der Dichter und Denker und dann so ein Hype um einen solchen Schund."

Kate sah sie an, dann nickte sie in Matts Richtung.

„Nun, sei es wie es sei. Würdest du den Job übernehmen? Es sind insgesamt vier Lesungen. Er wohnt im Hotel Alexandra und dort findet auch die erste Lesung statt. Allerdings reist er bereits morgen an."

Matt lächelte. „Naja, das klingt eher nach ein paar Groupies und allenfalls protestierenden Feministinnen. Ich denke, das bekomme ich hin. Aua."

Lächelnd massierte er sich den Arm, wo ein sanfter Boxhieb ihn von Jutta Günter getroffen hatte.

„Das war für die Feministinnen. Du solltest uns nicht unterschätzen."

Gespielt erschreckt sah Matt sie an. „Ich werde doch hoffentlich meine beste Nachbarin nicht bei einer Protestbewegung zu Boden strecken müssen?"

„Kindsköpfe", murmelte Kate amüsiert und erhob sich. „Chris gibt dir alle Eckdaten, okay?", sagte sie zu Matt, der sich erheben wollte.

„Lass nur, ich sattle mir Lohengrin selbst wieder auf. Tschüss ihr zwei", sagte sie, umarmte Jutta und klopfte Matt auf die Schulter.

Kapitel 2

„Was liest du denn?", fragte Mike, als er die Bibliothek betrat und Kate im Sessel sitzend vorfand.

Ein ziemlich dickes Buch lag in ihren Händen. Während er sie auf die Wange küsste, legte Kate das Buch
mit einem Seufzer zur Seite.

„Sag lieber, wie ich mich durch diesen Schinken hin-
durchquäle."

Mike schaute auf den Titel. „*Dein Schrei ist meine
Lust*", las Mike vor und runzelte die Stirn. „Was ist
das denn?"

Kate stand auf und streckte sich.

„Hast du noch nichts von dem Autor Fred D. Walther
gehört? Er scheint einer der angesagtesten Autoren
derzeit zu sein."

Mike sah wieder auf das Buchcover, las den Namen
und schüttelte den Kopf. Dann nahm er das Buch in
die Hand, drehte es um und von der Rückseite des
Umschlages sah in ein finster dreinschauendes Gesicht, das allerdings nicht unattraktiv wirkte, an.
Daneben stand: Fred D. Walther wurde 1979 im
Vogtland geboren. Nach mehreren beruflichen Auf-
enthalten im Ausland kam er vor einigen Jahren zurück nach Deutschland und stand bereits mit seinem
Erstlingswerk *Meine blutige Hand auf dir* auf den Best-
sellerlisten.

„Hm", machte Mike und legte das Buch zurück.

„Also weder Titel noch Name sagen mir was. Muss
man den gelesen haben?"

Kate lachte auf. „Nein, ich glaube nicht, dass man das muss, zumal seine Bücher alle, wie auch das hier, voll von blutrünstigen bis zu unglaublich brutalen Exzessen sind, dabei obendrein sexistisch und auch noch ziemlich stereotyp im Rollenmuster. Aber, das muss ich ihm zugestehen, sehr gut recherchiert und spannend konstruiert."

Mike schüttelte den Kopf. „Und warum liest du es?"

Kate ging mit ihm in die Küche.

„Weil Fred D. Walther ab morgen einige Lesungen gibt, sozusagen als Hommage an seine vogtländische Heimat und in Plauen damit beginnt. Sein Management hat uns zu seinem Schutz engagiert."

Mike nahm ein Stück vom Käse und steckte ihn sich in den Mund, gefolgt von etwas Melone.

„Wow, was ist denn nun so besonders an ihm?", fragte er mit vollem Mund.

Kate setzte sich an den Küchentisch und schenkte Mike ein Glas Wein ein.

„Seine Bücher, aber vor allem seine Lesungen, haben einigen Staub aufgewirbelt, er hat sogar Drohbriefe bekommen, zumal er auch mit der Kirche nicht sonderlich zimperlich umgeht. Scheinbar fühlt er sich wohl in der Rolle des Bad Boys. Jedenfalls ist es kein schlechter Auftrag und ich habe Matt dafür abgestellt. Er hätte zwar noch Urlaub, übernimmt aber kurzfristig."

Sie deutete mit dem Daumen in Richtung Bibliothek.

„Ich wollte nur wissen, was uns erwarten könnte. Vorhin hat sein Verlag uns angerufen, er ist schon gestern Nacht im Hotel Alexandra eingetroffen und bereits heute Morgen wurde er dort von seinen Fans erwartet."

Mike zog die Stirn in Falten. „Du tust ja, als seien die Rolling Stones in Plauen."

Kate grinste. „Walther ist ziemlich stark vernetzt und hat scheinbar auch so einige Groupies, wenn man das mal so sagen will. Matt ist schon vor Ort."

Sie angelte sich ein Stück Käse und Mike nach seinem Weinglas, als Kates IPhone klingelte. Seufzend griff sie danach.

„Soweit zum Thema Feierabend", raunte sie Mike zu und nahm das Gespräch an.

„Ach, hallo Laura. Nein, ich dachte, es ist jemand von meinen Leuten. Was gibt es?"

Sie lauschte eine Weile schweigend, dann sagte sie: „Weißt du, woran er zuletzt dran war?"

Wieder hörte sie zu. „Gut. Ich komme morgen früh gleich zu dir. Wenn er sich inzwischen meldet oder du sonst etwas erfährst, ruf mich an, egal wann. Okay? Tschüss."

Dann legte sie das Telefon langsam auf den Tisch.

„Maximilian Krause ist seit gestern Abend verschwunden, das war Laura, seine Mitarbeiterin."

Mike sah sie erstaunt an. „Kate, der Junge ist Journalist. Wer weiß, welcher Fährte er wieder nachjagt."

Kate, die ihr IPhone betrachtete und schließlich von sich wegschob, schüttelte langsam den Kopf.

„Er hat ein Telefon, mit dem nur Laura und ein paar wenige Insider ihn erreichen können. Und das ist ausgeschaltet."

Mike, der bereits das nächste Stück Käse in Richtung seines Mundes bewegte, zuckte die Schultern.

„Vielleicht verbringt er mit einer neuen Eroberung ein paar stürmische Stunden in deren Bett. Da kann man schon mal die Zeit vergessen."

Kate drehte die Augen nach oben.

„Nenne mir mal den Journalist, der stundenlang nicht erreichbar ist." Sie klopfte mit den Fingern auf den Tisch.

Mike räusperte sich etwas. „Jedenfalls ist das kein Grund für eine Vermisstenanzeige", stellte er klar.

„Das weiß ich", sagte Kate. „Wir warten bis morgen früh, dann rede ich mit Laura und notfalls setze ich Steven darauf an."

Mike erhob sich und nahm sein Weinglas. „Komm, lass uns ins Wohnzimmer gehen."

Dann sah er sie an. „Wenn er wirklich freiwillig abgetaucht ist und sich eine Auszeit nimmt, mit wem und warum auch immer, kannst du mächtigen Ärger bekommen, dass weißt du schon, oder?"

Kate, die ihm gefolgt war, legte ihm die Hand auf den Arm. „Das weiß ich. Vielleicht ist er ja wirklich morgen früh wieder aufgetaucht."

Inzwischen waren sie im Wohnzimmer angekommen und Mike machte Licht. „Naja, du…"

In diesem Moment zerriss ein Knall die Stille und Mike, der das Weinglas fallen gelassen hatte, hechtete auf Kate zu und riss sie mit sich hinter die Couch, als ein Glasregen auf sie herunterprasselte.

„Bleib unten", raunte er ihr zu und griff nach seinem Smartphone, das er glücklicherweise noch in der Hosentasche hatte.

Dabei sah er, dass sein Arm und die Hand blutverschmiert waren.

„Ich genieße es immer wieder, meine Nachbarn ärztlich zu versorgen", maulte Omar gespielt genervt und schloss den Verband um Mikes Hand professionell ab.

„Hätte ich auch übernommen", sagte neben ihm der Notarzt, der seine Tasche bereits in der Hand hielt.

„Und ich weiß nicht, warum hier das ganz große Besteck aufgefahren wurde", murmelte Mike und zog mit schmerzverzerrtem Gesicht die Schulter nach oben.

„Die sollte geröntgt werden", sagte der Notarzt, aber Omar winkte ab. „Spar dir deinen Atem. Personal und Polizeibeamte sind im Ranking der behandlungsresistenten Patienten gleichauf. Wenn es schlimmer wird, zerre ich ihn persönlich in die Klinik." Damit richtete er sich voll zu seiner imposanten Größe auf, während Mike die Augen nach oben verdrehte.

„Gut, dann gehe ich", sagte der Notarzt und reichte Omar die Hand.

„Bis bald, Herr Kollege, aber bitte nicht wieder in meinem Revier."

„Gerne dann in meinem", rief der Pathologe ihm lachend nach.

Inzwischen war Mary Struwe von draußen hereingekommen, wo im Licht der Terrassenbeleuchtung die Spurensicherung umherlief.

Kate saß auf der Couch und schien die ganze Aktion rund um sich herum eher belustigt über sich ergehen zu lassen, während sie einen Eisbeutel gegen ihr Knie gedrückt hielt.

Mary legte einen großen Zettel, der in einem Spurensicherungsbeutel steckte, auf den Tisch.

„Der war an euren Zaun getackert", sagte die Kommissarin und Kate beugte sich etwas vor, den Eisbeutel neben sich legend.

„Weiter kühlen", fuhr Omar sie mit seiner gesamten
ärztlichen Autorität an. Sie grinste nur schief und sah
auf den Zettel.

IHR SCHÜTZT DIESES SCHWEIN-SCHÄMT
EUCH!!! stand dort handschriftlich mit großen Let-
tern.

„Hast du eine Ahnung, was der Schreiber damit
meint?", fragte Mary an Mike gewandt.

„Ich glaube, das geht eher an meine Adresse", sagte
Kate und Marys Kopf schnellte zu ihr herum.

Kate nickte. „Wir schützen derzeit die Auftritte des
Autors Fred D. Walther. Er scheint nicht unumstritten zu sein und hat sich besonders den Zorn von einigen Gesellschaftsgruppen zugezogen."

Omar sah zu ihr hin. „Gesellschaftsgruppen?", fragte
er stirnrunzelnd nach.

„Naja, Frauen, Ausländer, Kirche, da ist sein Spektrum scheinbar groß, aber er hat auch eine riesige Fangemeinde, besonders auch Frauen. Er scheint gern
den Bad Boy zu geben und das kommt wohl an."

Omar schnaubte etwas. „Das ist schon skurril. Er
zieht über Frauen her und die feiern ihn dafür?"

„Naja, so einfach ist das nun auch wieder nicht. Und
schlecht kann man seine Bücher wirklich nicht

nennen", sagte Karsten Windisch, der gerade durch die defekte Terrassentür hereintrat.

„Oho, ein Fan?", machte Omar und Karsten drehte die Augen nach oben. „Fan würde ich nicht sagen, aber verdammt spannend sind sie schon, seine Thriller und erstklassig recherchiert."

Dann schüttelte er den Kopf. „Gut, zurück zu dem hier." Er deutete auf die Terrassentür, die ein faustgroßes Loch im Glas aufwies und die im gesamten Raum verstreuten Glasscherben.

„Also, der erste Stein ist an dem Glas noch abgeprallt, hat es aber bereits beschädigt. Er liegt draußen auf der Terrasse. Der zweite Stein hat das Glas durchschlagen und ist an Mikes Schulter abgeprallt und hat dann Kate am Knie erwischt und ist hier drüben liegen geblieben."

Er deutete auf das Bücherregal und hielt einen Spurensicherungsbeutel hoch, in dem ein faustgroßer Stein sichtbar war.

„Der ist mit Sicherheit ganz simpel aus dem Stadtpark", ergänzte er noch.

Mike, der sich die Hand und den Unterarm bei der Aktion ziemlich mit Schnitten verletzt hatte, schaute ziemlich bekümmert auf die Terassentür.

„Schon wieder", murmelte er und Kate musste im Gedanken daran lächeln, wie damals ihr Mitarbeiter Matt durch die Tür gestürmt war, um sie und Mike aus einer Geiselnahme zu befreien. Auch damals war das gesamte Glas zu Bruch gegangen.

„Zahlt die Versicherung", sagte Omar lakonisch und

klopfte ihm auf die gesunde Schulter.

„Hauptsache ist doch, dass euch nichts Ernstes passiert ist", schob er nach.

Mike schüttelte den Kopf. „Ja, ja. Gut. Aber ich bin schon entsetzt, wie weit diese Radikalen gehen."

Mary Struwe runzelte leicht die Stirn. „Harte Worte, Chef, für einen lapidaren Zettel und zwei Steine", sagte sie zu ihm.

Er sah sie an und wollte etwas erwidern, als Karsten eingrätschte. „Diese Steine hätten von ihrer Größe her wirklich schwere Verletzungen hervorrufen können, vielleicht sogar tödliche. Das ist kein Spaß, Mary. Sie hätten treffen können und sollten es wahrscheinlich auch, denn erst als Mike und Kate hier drin Licht gemacht haben, wurden sie geworfen."

Betroffen senkte Mary den Kopf, als Kate ihr leicht an den Arm grifft.

„Vielleicht wollte man uns, also mir, wirklich nur einen Schreck einjagen. Wie auch immer, wir werden den Auftrag deshalb nicht ablehnen."

„Wir sollten uns die Gegner von Walther einmal etwas näher anschauen", sagte Mike und Mary nickte eifrig. „Das kann ja Frieder übernehmen", sagte sie schnell, um ihren Fauxpas wieder gut zu machen.

Mike lächelte sie an. „Gute Idee. Er soll mal auf den gängigen Socialmediakanälen schauen."

Kate war inzwischen aufgestanden und sah aus dem Fenster. Überall blinkten die blauen Signale der Polizeiwagen vor dem Haus und sie sah, wie ihr Nachbar erregt mit einem der Polizisten diskutierte, der ihm den Zugang verwehrte.

Omar war neben sie getreten. „Er macht sich sicher Sorgen um euch. Ich sage ihm gleich Bescheid", sagte er leise und sah Kate von der Seite an. „Wollt ihr heute Nacht nicht rüber zu uns kommen? Das Gästezimmer steht euch immer zur Verfügung."

Kate schüttelte heftig den Kopf. „Nein, Omar, aber danke für das Angebot."

Hinter ihnen diskutierte gerade Mike mit Mary.

„Kein Polizeischutz, habe ich mich klar ausgedrückt? Ihr rückt jetzt endlich ab, und zwar in voller Mannschaftsstärke", fuhr er ungewöhnlich harsch die junge Kommissarin an.

„Mach mal halblang, es war doch nur gut gemeint", mischte sich jetzt auch Karsten Windisch mit ein.

Noch ehe Mike etwas erwidern konnte, war Omar neben Mary getreten, der die Röte ins Gesicht geschossen war, bei dem erneuten Rüffel ihres Chefs und legte mit einer väterlichen Geste seinen Arm um deren Schulter.

„Ich denke, Kate und Mike brauchen jetzt einfach ihre Ruhe. Wir sollten sie jetzt allein lassen und morgen ist auch noch ein Tag. Ich denke nicht, dass heute Nacht noch irgendetwas passiert, nicht nach dem Auflauf, der hier gestartet wurde. Und wir als Nachbarn sind jetzt alle sensibilisiert und wenn ab und an ein Streifenwagen vorbeifährt, hat das sicher eine zusätzliche abschreckende Wirkung. Nicht wahr, Mike?"

Mit aufforderndem Blick sah er erst Mike, der

brummend nickte, und dann die anderen Anwesenden an. Nach und nach zogen sich alle zurück.

Omar besah sich noch kurz die Terrassentür.

„Ich kenne jemand, der das gleich morgen früh erledigt. Heute Nacht wird es so gehen, ist ja warm draußen", sagte er und drückte Kate einen Kuss auf die Wange.

„Ruf an, wenn du was brauchst", murmelte er und nickte noch Mike zu, ehe er nach draußen ging.

„Keine Sorge, Ernst, den Beiden geht's gut, nur ein paar kleine Blessuren", hörten sie ihn draußen ihren Nachbarn Ernst Winter beruhigen.

Kate ging zu Mike, der sie kopfschüttelnd ansah.

„Was für ein Abend", murmelte er.

Sie nickte. Dann legte sie ihm die Hand auf die unverletzte Schulter. „Komm, lass uns ins Bett gehen."

Kapitel 3

Als Kate am nächsten Morgen nach einer unruhigen Nacht nach unten in die Küche humpelte, saß Mike dort bereits am Tisch und schlürfte, völlig verschlafen und unrasiert, einen Kaffee.

„Ich fühle mich, als hätte mich eine Dampfwalze überfahren", sagte er leise und erwiderte Kates Kuss. Noch ehe sie etwas sagen konnte, läutete es Sturm.

„Na hoffentlich ist das nicht schon der Handwerker für die Terrassentür", stöhnte er und wollte aufstehen, als Kate abwinkte.

„Lass´ nur, ich mache auf." Sie humpelte in Richtung Eingangstür und öffnete, als Jasmin Amri-Weidner sich schon, mit einer belegten Platte in der Hand, an ihr vorbeidrängelte, während Ernst Winter auf der Schwelle stehen blieb und ihr nur eine Brötchentüte in die Hand drückte.

In diesem Moment war Jasmin bereits wieder hinter ihr, drückte ihr einen Kuss auf die Wange und sagte nur: „Lasst es euch schmecken."

Damit nickte sie Ernst Winter zu und zusammen verließen sie, eine völlig verblüffte Kate hinter sich lassend, das Grundstück.

Als Kate in die Küche kam, sah Mike ähnlich verblüfft aus, wie sie eben auch. Sie schüttete die Brötchen aus der Tüte in einen Korb und stellte sie neben die Platte, die neben Käse und Wurst frisches Gemüse, Obst und Eier beinhaltete.

„So sind sie, unsere Nachbarn", sagte sie und

lächelte.

Mike nickte. „Wir können schon froh sein, dass Jasmin ihren Göttergatten nicht zur Visite im Versehrtenlazarett mitgebracht hat", ergänzte er und sie mussten beide lachen.

„Kannst du heute eigentlich mit deinem Knie irgendwohin?", fragte Mike und deutete auf das sich blau verfärbte Körperteil, das zudem eine beachtliche Schwellung aufwies.

Kate winkte ab und steckte sich ein Stück Melone in den Mund. „Eine ordentliche Bandage dürfte reichen. Was macht deine Schulter?"

Mike schwenkte den Kopf hin und her, während er ein Brötchen mit Frischkäse bestrich. „Solange ich sie nicht belasten muss, geht es. Die Hand beeinträchtigt mich mehr." Er hob die bandagierte Rechte hoch.

„Soll ich dich fahren?"

Kate verkniff sich die Frage, ob er heute vielleicht besser zu Hause bleiben wollte, da sie die Antwort darauf kannte.

„Nein, ich fahre selbst. Hoffen wir mal, ich komme in keine Polizeikontrolle", grinste er und Kate schüttelte den Kopf.

Eine Weile hingen sie kauend ihren Gedanken nach, dann sah Kate Mike an. „Bist du gestern nicht ein bisschen zu hart mit Mary umgegangen?"

Er schüttelte unwirsch den Kopf. „Erst veranlasst sie hier so einen Auflauf, dann tut sie, als sei es eine Lappalie, dass ein paar durchgeknallte Freaks hier mit Steinen schießen und dann…"

„Ist sie nicht Marianne", ergänzte Kate pragmatisch und lehnte sich zurück, ihren Kaffeetopf in der Hand.

Mike wollte zu einer Erwiderung ansetzen, ließ es aber bleiben.

Kate hatte ja recht. Das Mary Struwe ihm förmlich als Ersatz für seine langjährige Partnerin, Kommissarin Jäger, aufgedrängt worden war, nagte noch immer schwer an ihm. Marianne und er hatten sich blind verstanden, oft bedurfte es nur eines Blicks und der eine wusste, was der andere dachte.

Nach ihrer schweren Schädelverletzung im Frühling war eine Weile nicht klar, ob sie diese überhaupt überleben würde. Dann hatte sie sich mühsam erholt, aber eine retrograde Amnesie blieb, zumindest was den Tathergang betraf und die unmittelbare Zeit davor. Jetzt war ihre erst stationäre, dann ambulante Rehabilitation beendet und zumindest die Befürchtung, sie würde nahtlos in den ihr zustehenden Ruhestand wechseln, war vom Tisch.

Zäh im Verhandeln, wie Marianne Jäger nun einmal war, hatte sie dem Leiter des Plauener Polizeireviers, Peter Kögler, den Deal abgeluchst, wenigstens zwei Tage die Woche im Innendienst der Kriminalpolizei erhalten zu bleiben. Damit war aber auch klar, dass Mary Struwe auf absehbare Zeit Mikes Partnerin bleiben würde.

„Ich weiß, es ist ungerecht, sie mit Marianne zu vergleichen", sagte er schließlich leise und Kate nickte.

„Naja, Einsicht ist der erste Weg zur Besserung", meinte sie und erhob sich.

24

„Gib ihr eine faire Chance, sie hat es verdient, glaube mir", ergänze sie und stellte ihr Geschirr in die Spülmaschine.

„Ich gehe duschen und mache mich fertig. Ich will als erstes zu Laura und schauen, ob die etwas von Maximilian gehört hat."

Sie sah Mike wenig begeistert nicken. „Ja, ich weiß, er ist Journalist und so weiter", murmelte sie und gab Mike einen Kuss.

Eine halbe Stunde später traf Kate, ihr Knie in einer festen Bandage, in der Moritzstraße ein. Auf ihr Klingeln öffnete ihr Laura und schon an ihrer Miene sah Kate, dass die junge Kollegin des Journalisten der *Freien Plauener Stimme* nichts von ihm gehört hatte.

„Komm rein, Kate", sagte sie nur und diese trat in die Miniredaktion, die überall mit Technik aller Art ausstaffiert war.

Kate deutete auf einen der Computer.

„Kannst du nachschauen, an was er zuletzt gearbeitet hat?"

Laura winkte ab. „Das habe ich doch schon längst. Der übliche Kram, Verdacht der Vorteilsnahme bei einem Stadtrat, ein kleinerer Umweltskandal, alles nichts Weltbewegendes."

Sie sah zu Kate, die sich langsam in einen Stuhl sinken ließ.

„Ist das von gestern Abend?", fragte sie und deutete auf deren Knie.

Als Kate aufsah, zuckte sie entschuldigend die Schultern. „Ups, jetzt ist es raus."

Kate grinste. „Du bist nicht die Einzige, die sich in den Polizeifunk einhackt. Aber sei vorsichtig, mein Göttergatte versteht da keinen Spaß."

Laura nickte gespielt geknickt, während Kate abwinkte. „Ein blaues Knie und Mike hat eine lädierte Schulter und Schnittverletzungen, aber ich wäre dir dankbar, wenn das nicht gleich wieder in euerem Block landet."

Laura hob die Hand.

„Nein, Ehrenwort. Wisst ihr schon, wer es war?"
Kate schwenkte langsam den Kopf hin und her.
„Es ging eindeutig gegen mich. Wir haben den
Securitydienst für den Autor Fred D. Walther über-
nommen und da…"
Sie sah Laura an, die merklich blass geworden war.
„Was?", fragte sie nach und die junge Frau holte tief
Luft. „Kate, ich kann es dir nicht…"
„Doch, du kannst. Also los", unterbrach diese Laura
harsch. Die junge Frau erhob sich und tigerte durch
den Raum, während Kate sie beobachtete.
Dann blieb sie am Fenster stehen.
„Ich hätte nicht gedacht, dass sie wirklich so weit ge-
hen", murmelte sie.
„Wer geht so weit?", fragte Kate ungeduldig nach.
Die junge Frau sah sich zu ihr um. „Es gibt ein paar
Frauen, die sich zusammengeschlossen haben, um
gegen die Lesungen von diesem Walther hier zu pro-
testieren, wegen seiner sexistischen Meinungen, die
er nicht nur in seinen Romanen verherrlicht, sondern
auch offen persönlich vertritt."
„Und die werfen deshalb jetzt auch mit Steinen nach
Leuten, die scheinbar mit Walther zu tun haben, oder
wie?", sagte Kate und schüttelte den Kopf.
Laura seufzte. „Genau das ist es, was ich mir ebenso
schwer vorstellen kann, zumal sie ja eher aus kirchli-
chen Kreisen kommen."
Kate verstand. Auch die Kirche kam in Walthers Romanen meist nicht gerade gut weg, im Gegenteil.
„Gut, oder auch nicht. Kannst du mir wenigstens ein

paar Namen nennen?"

Als sie Lauras empörten Blick sah, lehnte sie sich demonstrativ zurück.

„Ich kann auch die Polizei darauf ansetzen, aber das dürfte dann für die Damen richtig unangenehm werden. Ich würde mich nur um Schadensbegrenzung bemühen. Die Tür zahlt die Versicherung und der Rest", sie deutete auf ihr Knie. „Ich werde es überleben. Ob Mike das allerdings auch so sieht…"

Den Rest des Satzes ließ sie in der Luft schweben.

Die junge Journalistin winkte ab. „Ist ja gut. Ich weiß nur, dass Angelika Volmer so etwas wie die Anführerin dieser Gruppe ist."

„Angelika Volmer? Schwester Angelika?"

Laura sah sie verblüfft an. „Du kennst sie?"

Kate nickte. Die langjährige Mitarbeiterin ihrer Schulfreundin Michaela „Michi" Heimat vom gleichnamigen Pflegedienst war ihr sehr gut bekannt und sie schätzte Angelikas empathische und fachkompetente Art. Das diese daran beteiligt gewesen sein sollte, bei ihr Steine ins Fenster zu werfen, konnte und wollte sie sich nicht vorstellen.

„Das kläre ich", sagte sie schließlich zu Laura.

Dann deutete sie wieder auf die Computer.

„Jetzt zurück zu Maximilian. Wenn du sagst, es ist nichts Brisantes, an was er gearbeitet hat, dann…"

„Das habe ich nicht gesagt, ich sagte nur, hier drauf ist nichts Brisantes", unterbrach sie Kate. „Max hat seinen eigenen Laptop, da darf niemand ran und den verwendet er für alle Dinge, die ihm wirklich, wie soll ich sagen, heiß erscheinen. Den hat er auch immer bei sich, er ist mit einem sehr komplizierten Passwort geschützt."

Kate nickte verstehend. Das kannte sie von ihrem Mitarbeiter Steven Neubauer, der auch mit seinem Laptop geradezu verwachsen war, wie einige scherzhaft behaupteten.

„Und du hast ihn noch immer nicht erreicht?", fragte sie Laura, die bekümmert den Kopf schüttelte, dass ihre Dreadlocks hin und her flogen.

Kate holte tief Luft. „Die Polizei wird noch nichts unternehmen, es besteht kein ausreichender Verdacht, dass er nicht freiwillig abgetaucht ist und sich einfach eine Auszeit nimmt."

Als Laura etwas einwenden wollte, hob Kate die Hand.

„Aber ich werde die Sache übernehmen. Als erstes setze ich Steven darauf an, sein Handy zu lokalisieren und gegeben falls ein Bewegungsprofil zu erstellen. Wie sieht es aus mit Maximilians Wohnung?"

Laura griff in eine Schublade und holte einen Schlüssel heraus. „Ich habe von ihm einen als eiserne Reserve bekommen."

Sie rollte ihn langsam in der Hand hin und her. „Ich weiß nicht…", sagte sie leise und verstummte dann.

Kate trat einen Schritt näher. „Es ist kein Vertrauensbruch. Du machst dir Sorgen um ihn und ehrlich? Ich langsam auch."

Laura nickte und gab Kate den Schlüssel.

Die ergriff ihn. „Willst du nicht mitkommen?", fragte

sie, aber die junge Journalistin schüttelte mit einer Geste, die den ganzen Raum umfasste, den Kopf.

„Max würde mich steinigen, wenn ich die Redaktion schleifen lasse."

Kapitel 4

Mike stieg die Treppen hinauf in sein Büro, als er auf der letzten Stufe stehen blieb und ungläubig in Richtung des Zimmers starrte, das Marianne Jägers verwaistes Büro war.

Die Tür stand offen und Gelächter drang heraus. Langsam trat er näher und sah Mary Struwe, die vor dem Schreibtisch stand, daneben Frieder Lein und hinter dem Schreibtisch saß, als sei sie nie weg gewesen, seine alte Partnerin Marianne.

Als sie Mike sah, stand sie auf und ging ihm entgegen.

„Aber…", brachte er nur heraus, als Marianne ihn umarmte. „Willkommen", murmelte er und strich ihr über den Rücken.

Nachdem sie nach dem Überfall und den Tagen des Komas massiv abgenommen hatte, schien sie sich in der REHA gut erholt zu haben und auch ihre Haare hatten fast wieder die ursprüngliche Länge.

„Wolltest du nicht erst in einer Woche wieder starten?", fragte Mike, nachdem er seine Rührung in den Griff bekommen hatte.

Marianne lächelte in Richtung Mary und Frieder.

„Das sollte eine Überraschung für dich sein. So hast du mich eben schon eher wieder an der Backe."

Sie deutete auf den kleinen Tisch in der Ecke, wo Kuchen und belegte Brötchen standen. „Greif zu, es ist ausreichend da."

Dann sah sie auf seinen Verband. „Mary hat es mir

schon erzählt. Geht es Kate gut?", fragte sie, während sie zu dem Tisch ging und Mike einen Kaffee einschenkte.

Der nickte. „Ein dickes Knie, sonst nichts."

Mit einem Lächeln nahm er den Kaffee entgegen und Marianne deutete auf den Kuchenteller. „Annes Streuselkuchen", sagte sie mit einem breiten Grinsen und Mike lächelte zurück. „Da kann ich wohl kaum widerstehen", sagte er.

Den berühmten Streuselkuchen von Annegret Bücher, Mariannes Freundin aus Bernsgrün, hatte er bereits bei dieser einmal genießen dürfen und er war wirklich umwerfend.

Während er herzhaft von dem Stück abbiss, klopfte es und Roman „Ro" Würtenberger, der Leiter des Drogendezernates kam herein. Mit einer tiefen Verbeugung reichte er Marianne eine langstielige Rose und umarmte sie dann fest. „Willkommen zurück an Bord", sagte er und gab ihr einen Kuss auf die Wange.

Mary nahm ihr inzwischen die Rose ab und steckte sie in eine der bereits gut gefüllten Vasen. Dabei deutete sie auf einen großen, sehr bunten Sommerstrauß, der sicher genau Mariannes Geschmack getroffen hatte. „Der ist von uns allen", raunte sie Mike zu und deutete auf die daneben liegende Karte. „Unterschreib einfach mit."

Inzwischen hatte Ro sich am Büfett bedient und trat wieder neben Marianne. „Ich weiß nicht, ob du es schon weißt, aber wir haben endlich das Geständnis von dem Kerl, der dich niedergeschlagen hat. Er ist schließlich eingeknickt als Gebhardt ihm einen Deal angeboten hat."

Er legte ihr die Hand auf die Schulter. „Das macht es zwar auch nicht ungeschehen, aber ich dachte, du solltest es wissen. Keiner von dieser Bande kommt in den nächsten Jahren wieder auf freien Fuß."

Man hörte eine gewisse Genugtuung aus seinen Worten, immerhin war damit einer der Drogenringe der Stadt zerschlagen worden.

Marianne nickte. „Ja, es ist nur ärgerlich, dass ich mich an nichts mehr erinnern kann, auch nicht, welche Rolle Susanne bei der ganzen Sache gespielt hat." Sie nippte an ihrem Kaffee und stellte dann die Tasse ab.

Ron wog langsam den Kopf hin und her.

„Vielleicht ist es besser so, das mit deiner fehlenden Erinnerung. Wir wissen nur, dass diese Susanne undercover im Auftrag des LKA ermittelt hat, beziehungsweise im Auftrag von Hauptkommissarin Casta Meinike. Irgendwie ist sie, also Susanne Geilert, aufgeflogen und du bist versehentlich ins Schussfeld geraten."

Marianne holte tief Luft. „Das weiß ich so weit schon alles, Hauptkommissar Kögler hat mir alle Details erzählt, aber auch nur das, was ihr alle wisst oder zu wissen glaubt. Ich kann mich nicht erinnern, Susanne kann nichts mehr sagen und diese Meinike schweigt."

Mike warf Ro einen Blick zu und stellte sich dann

neben Marianne. „Ich will ja nicht verfressen erscheinen, aber könnte ich vielleicht noch ein Stück von Annemarie Büchers Streuselkuchen haben?"

Die lachte. „Das muss ich ihr unbedingt erzählen", sagte sie und schnitt ihm noch ein großes Stück ab. Entweder hatte sie das Ablenkungsmanöver nicht bemerkt oder nicht bemerken wollen.

Ro hatte allerdings Mikes Blick richtig gedeutet.

„Also, ich muss dann mal wieder", sagte er, stellte seinen Teller ab, strich Marianne über die Schulter und schloss die Tür hinter sich.

Kate betrat das Haus an der Dittesstraße, dass nur wenige Meter von der Redaktion der *Freien Plauener Stimme* entfernt lag und stieg in die dritte Etage.

Gerade als sie die Vorsaaltür mit dem schmucklosen Namensschild *M. Krause* öffnen wollte, ging die gegenüberliegende Tür auf.

„Frau Schulz? Was tun sie hier in Haus?"

Kate wandte sich um und sah eine junge, zierliche Frau mit einer Einkaufstasche, die sie anlächelte.

Andrada Pappatresku war eine ehemalige Prostituierte aus Rumänien, die ins Visier der Polizei geraten war, als einer ihrer Freier ermordet wurde. Nachdem dieser Verdacht gegen sie sehr schnell entkräftet werden konnte, hatte sie damit Glück im Unglück.

Pfarrer Bromsig, der perfekt rumänisch sprach und bei der damaligen Befragung als Dolmetscher ausgeholfen hatte, war ebenso wie Bogdan Serwowitsch bereit gewesen, der jungen Frau zu helfen, die mit dem Gewerbe, dem sie nachging, ihre beiden Kinder und die Eltern in Rumänien unterstützte.

Pfarrer Bromsig hatte ihr eine Wohnung besorgt, scheinbar die, vor der Kate jetzt stand und Bogdan hatte ihr einen Job in seiner Bar angeboten, wo sie neben einem guten Lohn viele Trinkgelder bekam und damit ihren Lebensunterhalt bestreiten konnte.

Kate hatte sie durch Mike und Bogdan kennengelernt und reichte ihr jetzt die Hand.

„Ah, sie wollen zu Max. Ist er da wieder?", fragte sie mit ihrem reizenden Akzent.

Kate sah sie aufmerksam an. „Wann ist er denn

weg?"

Andrada überlegte kurz. „Seit zwei Tage ich habe ihn
nicht gesehen. Aber wollen sie nicht hereinkommen
zum Tee?", fragte sie und deutete auf ihre Vorsaaltür.
Kate schüttelte den Kopf. „Nein danke, Andrada,
gern ein anderes Mal. Maximilian wird vermisst und
ich muss mich in seiner Wohnung einmal umsehen."
Die junge Frau sah betroffen zwischen Kate und Maximilian Krauses Tür hin und her.

„Vermisst? Wie schrecklich. Ist so ein netter Nachbar,
hilfsbereit, freundlich, immer gutes Wort vor mich.
Bitte, kann ich etwas tun?"
Kate zuckte die Schultern. „Vielleicht. Bitte erinnern
sie sich, wann haben sie ihn das letzte Mal gesehen?"
Andrada runzelte die Stirn. „War vor zwei Tage,
Mittwoch. Ist er gegen zehn Uhr aus dem Haus mit
seine Rucksack, das blaue Rucksack. Hat er immer alles drin, sagt er. Büro, alles." Sie lächelte.
Dann wurde sie ernst. „Danach ich nicht mehr gese-
hen. Wenn Max lange nicht da, er sagen mir Be-
scheid, ich schaue immer nach Post und auch in
Wohnung nach rechtem."
Kate, die bereits den Schlüssel in das Schloss gesteckt
hatte, sah die junge Frau an. „Sie haben einen Schlüs-
sel für Maximilians Wohnung?"
Die junge Frau nickte, ging zurück, schloss ihre Wohnungstür auf und nahm einen Schlüssel von einem
Schlüsselbrett aus Holz. „Hier ist Schlüssel."
Kate überlegte. „Haben sie einen Augenblick Zeit?"
Die junge Frau nickte. „Wollte nur zu Supermarkt,

hat noch lange auf."

Kate öffnete Maximilian Krauses Wohnungstür.

„Dann kommen sie doch bitte mal mit herein."

Die junge Frau hängte den Schlüssel zurück, schloss ihre Tür und trat über die Schwelle.

Als Kate die Tür zum Wohnzimmer öffnete, wich Andrada instinktiv zurück, bekreuzigte sich und stammelte: „Oh Mutter Gottes."

Matt saß ganz vorn an der Seite des reichlich, vorwiegend mit weiblichen Publikum besetzten Saal und ließ seine Blicke schweifen.

Gerade hatte Fred D. Walther seine Lesung beendet und mit einer entspannt-arroganten Geste, die Matt jetzt zur zweiten Lesung bereits kannte, lehnte sich dieser zurück. Ohne ein Lächeln starrte der Autor in sein Publikum.

Neben ihm saß Camilla Lehner, seine ihm ergebene Assistentin, von der Matt wusste, dass sie jeden noch so absurden Wunsch des Autors mit devoter Hingabe zu erfüllen suchte.

Jetzt sah sie über den Rand ihre schmalen Brille und sagte leise, aber deutlich hörbar: „Wer jetzt ein Autogramm für sein Buch…"

Weiter kam sie nicht, denn die ersten Fans stürmten schon lautstark nach vorn.

Matt hatte sich bereits nach Camillas ersten Worten erhoben und war neben Walther getreten, was dieser mit einer leicht genervten Miene kommentierte.

Matt wusste, dass dies Show war, eine Show, die Walther genoss. Der Bad Boy, der einen Hünen als Personenschutz neben sich hatte, ihn aber eigentlich gar nicht brauchte, da er doch seine Probleme selbst lösen konnte.

Das war es, was Matt stark bezweifelte.

In diesem Moment sah er drei Frauen in mittleren Jahren, die den Saal betraten und die beiden Damen, die für den Einlass zuständig waren, förmlich überrannten.

Matt erfasste blitzschnell die Situation und reagierte sofort. Er trat vor den Tisch, wo Walther Autogramme gab, und schirmte diesen von allen anderen ab.

Die Dame, die sich gerade ein Autogramm geben lassen wollte, schob er, trotz deren leisen Protest, zur Seite.

„Halt", sagte er zu der ersten Herankommenden, dann sah er den Gegenstand in ihrer Hand.

Kate starrte auf das Chaos, das sich vor ihr ausbreitete. Alle Schranktüren waren aufgerissen und der Inhalt lag auf dem gesamten Boden verteilt, ebenso der kleine Schreibtisch, dessen Schublade auf einem Sessel lag und jemand den Inhalt über den Tisch verstreut hatte.

„Was ist hier geschehen?", murmelte Andrada entsetzt.

Kate hatte ihr IPhone aus der Tasche gezogen. „Ich rufe die Polizei", sagte sie und deutete nach draußen. „Wir gehen lieber wieder raus, nicht dass wir irgendwelche Spuren verwischen."

Es war der jungen Rumänin anzusehen, dass sie nichts lieber wollte als das.

Im Hinausgehen sah Kate sich das Schloss an, ohne es zu berühren. Nicht aufgebrochen. Also hatte der oder die Täter einen Schlüssel.

Scheinbar schien Andrada ihre Gedanken zu ahnen. „Ich habe Schlüssel niemand gegeben und niemand ihn genommen, denn ich hatte kein Besuch."

Kate hob die Hand. „Das denke ich auch nicht, Andrada. Vielleicht sind Maximilian die Schlüssel abgenommen worden?"

Das schien die junge Rumänin nicht zu beruhigen. „Wird Policia das auch denken? Denken, ich war das, Rumänen sind ja eh alles Bettler und Dieb."

Kate legte den Arm um ihre Schulter. „Ich rufe meinen Mann, Hauptkommissar Köhler an und der denkt das mit Sicherheit nicht."

Sie spürte, wie sich die junge Frau etwas entspannte.

„Ja, ihre Mann ist ein guter Mensch. Auch Bogdan spricht mit Hochachtung von ihm."

Kate nickte. „Na also", sagte sie und rief Mike an. Sie spürte durch das Telefon, wie dieser die Stirn runzelte, als sie ihm in ihrer gewohnt kurzen Art das Vorgefundene erläuterte.

„Das ist wirklich seltsam.", murmelte er, als sie geendet hatte.

„Scheinbar hattest du den richtigen Riecher", ergänzte er und lachte trocken. „In Ordnung, ich schicke Karsten vorbei und komme dann auch."

Kapitel 5

Geistesgegenwärtig hatte Matt den Arm vorgestreckt und entwand der Frau den Gegenstand aus der rechten Hand, während er mit dem Körper weiterhin Fred D. Walther abschirmte.

Einige seiner weiblichen Fans, die noch nach Autogrammen anstanden, waren kreischend zurückgewichen und lösten damit einen Tumult aus, den Matt jetzt wirklich nicht brauchen konnte.

Erleichtert stellte er fest, dass es sich bei dem Gegenstand in der Hand der Frau um eine handelsübliche Kinderspritzpistole handelte, wobei noch nicht klar war, mit was sie gefüllt sein könnte. Auch eine Säure wäre denkbar und damit brandgefährlich.

„Fallen lassen", sagte er, nachdem er die Pistole in eine Richtung gedreht hatte, wo für niemand eine unmittelbare Gefahr bestand.

Die Frau sah ihn erst erschrocken, dann mit wutverzerrten Gesicht an.

„Fallen lassen", wiederholte er, denn noch immer wollte er keine Gewalt anwenden.

Sein Gegenüber schüttelte unbeirrbar den Kopf.

Schließlich erhöhte Matt den Druck, die Frau schrie auf und die Pistole fiel zu Boden. Er kickte sie mit dem Fuß in Richtung Wand.

„Sie haben mich verletzt", jammerte die Angreiferin laut und griff mit der anderen Hand zu ihrem Handgelenk, das Matt, obwohl er den Druck wieder verringerte, nicht losgelassen hatte.

„Das dürfen sie jetzt alles der Polizei erzählen", sagte er ruhig und zog sein IPhone aus der Tasche.

In diesem Moment traf ihn etwas Weiches an der Schläfe und rote Flüssigkeit tropfte auf sein Hemd. Um ihn herum klatschte es mit schmatzenden Geräuschen und er sah, dass die anderen beiden Frauen mit Tomaten und rohen Eiern warfen.

Allerdings bewiesen sie wenig Treffsicherheit, denn die meisten Wurfgeschosse klatschten gegen die Wand hinter ihm oder an die Bilder.

Er selbst hatte lediglich eine Tomate an der Schläfe und ein Ei gegen die Hüfte abbekommen.

„Das reicht jetzt", murmelte Matt und hielt sein IPhone gegen das Ohr.

„Aber nicht doch, keine Polizei. So ein Aufsehen deshalb. Sicher können wir das irgendwie regeln", flüsterte Camilla Lehner, die jetzt neben Matt getreten war und auf die Spielzeugpistole, die noch immer an der Wand lag, deutete.

In diesem Moment griff wieder eine der Frauen in ihre Manteltasche und warf etwas nach Walther, während Matt das Handgelenk der Frau, die ihn noch immer wüst beschimpfte, losließ und sich auf den Autor stürzte und mit sich zu Boden zog.

Um sie herum brach jetzt das blanke Chaos aus. Einige der weiblichen Fans, die vorher panisch zurückgewichen waren, mischten sich jetzt, nachdem sie gesehen hatten, dass die vermeintlichen Wurfgeschosse rohe Eier und Tomaten waren, die jetzt rechts und links neben Walther langsam von der Wand tropften, in das Handgemenge ein, um ihr Idol zu verteidigen.

Während Walther sich mit eisiger Miene vom Boden hochstemmte, ohne Matts ausgestreckte Hand zu beachten, stürzten sich mindestens sechs Frauen unter den Anfeuerungsrufen der restlichen anwesenden Damen auf die Angreiferinnen.

„Bingen sie Herrn Walther sofort nach oben in seine Suite", befahl Matt der Assistentin, die wie paralysiert auf das Chaos starrte.

„Los", schrie er sie in scharfen Ton an, was diese mit einem eiligen Nicken quittierte und während sie mit Walther zur Treppe eilte, schirmte Matt deren Rückzug ab.

Eine der Angreiferinnen hatte sich aus dem Knäuel aus schreienden und schlagenden Frauen befreien können und wollte den Davoneilenden folgen, was Matt aber verhinderte, indem er sie, zugegeben, ziemlich rüde, am Arm packte, was eine Schimpfkanonade auslöste.

Aus dem Augenwinkel sah er, wie Walther, der hinter seiner Assistentin lief, betont lässig das Smartphone ans Ohr gepresst hatte.

„Gut", dachte er. Der war erst einmal aus der Schusslinie.

„Na, das nenne ich doch mal Action", sagte der junge Streifenbeamte, der gemeinsam mit seiner etwa gleichaltrigen Kollegin und einem deutlich älteren Beamten am Ort des Geschehens angekommen war. Eine der jungen Damen am Einlass hatte ebenfalls und kurz nach Matt die Polizei gerufen, nachdem die Schlägerei Ausmaße angenommen hatte, die Matt nicht mehr in den Griff bekommen hatte oder vielmehr auch nicht wollte.

Seine Aufgabe, der Schutz des Autors, hatte er zu 100% erfüllt.

Er hielt noch immer den Arm der Frau umklammert, die Walther hatte folgen wollen. Der ältere Beamte warf Matt einen Blick zu, dann griff er sich zwei der Damen heraus die am handgreiflichsten waren und rief mit donnernder Stimme: „Jetzt ist Schluss. Jede von ihnen setzt sich auf einen Stuhl. Sofort."

Mit einem Kopfnicken zu seinem jüngeren Kollegen deutete er auf Matt. Der junge Beamte nahm diesem die Frau ab, die sich noch immer heftig zur Wehr setzte.

„Oh shit", entfuhr es jetzt Matt, als er die heruntergerissene Deko, zwei zerschlagene Stühle und unzählige zerschlagene Gläser am Boden sah und die Spuren von zerplatzten Tomaten und Eiern an den tapezierten Wänden

Matt wies sich gegenüber den Beamten aus.

„Ach, der Bodyguard dieses Autors?", murmelte der jüngere Kollege und sah an Matts beeindruckender Statur hinauf.

„Dann war wohl so etwas zu erwarten?"

Matt schüttelte den Kopf. „Nein oder vielmehr ja. Es gab ein paar Drohungen, sogar meine Chefin wurde mit einem Stein verletzt."

Der ältere Beamte sah zu ihm hin, ohne dabei die Frauen aus den Augen zu lassen, die mehr oder minder murrend seiner Anweisung, sich zu setzen, nachkamen.

„Ach, die Sache mit Hauptkommissar Köhler und seiner Frau? Diese Damen stecken dahinter?"

Inzwischen hatte seine junge Kollegin jene drei Frauen, die die junge Dame vom Eingang als Auslöser für das Chaos identifiziert hatte, einer Kontrolle unterzogen und von den anderen Frauen, von denen einige noch, trotzdem sie sich, wie gefordert gesetzt hatten, ziemlich auf Krawall gebürstet schienen, räumlich getrennt.

Matt zuckte die Schultern. „Das weiß ich nicht. Jedenfalls scheint es einige Menschen in dieser Stadt zu geben, die gegen Herrn Walther Stimmung machen und deshalb hat das Management gebeten, ihn durch Schulz Security schützen zu lassen."

Die junge Kollegin trat jetzt wieder zu ihnen und lächelte zu Matt auf. Dann deutete sie mit dem Kopf zu den drei Frauen hin.

„Die Personalien haben wir. Außer der Spielzeugwasserpistole, die wirklich nur Wasser enthält, habe ich noch weitere rohe Eier und sehr weiche Tomaten in deren Taschen konfisziert."

Man sah, dass sie mit dem Lachen kämpfte.

Matt grinste. „Naja, scharfe Waffen", murmelte er und auch der ältere Beamte lachte unterdrückt.

„Das Chaos allerdings haben die anderen Damen hier veranstaltet", ergänzte jetzt die junge Kollegin.

„Die Hotelleitung wird sicher Anzeige erstatten."

Der ältere Beamte schüttelte den Kopf. „Nur gut, wir waren relativ schnell da, die hätten ja das Hotel verwüstet, wie seinerzeit die Waldbühne bei den Stones."

Jetzt lachten alle vier.

Dann wurde Matt ernst. „Herr Walther ist in seiner Suite. Ich denke, für heute ist der Spuk vorbei."

Der Beamte nickte. „Wir nehmen noch die Personalien aller Beteiligten auf und schicken sie dann heim. Alles andere ist dann Sache der Hotelleitung."

Er tippte an seine Mütze und Matt nickte ihm zu.

Dann ging er nach oben zu Walthers Suite, allerdings öffnete niemand auf sein Klopfen.

Stirnrunzelnd versuchte Matt es nochmals. Der Autor schien ihm nicht der sensible Typ, der sich nach so einem vergleichsweise harmlosen Angriff verbarrikadierte.

Plötzlich kam Camilla Lehner über den Flur gelaufen. Verwirrt sah Matt sie an. „Hat er sie fortgeschickt?", fragte er und deutete auf die noch immer geschlossene Tür der Suite.

Diese nickte.

Der Bodyguard drehte die Augen nach oben. „Ich hatte ihnen doch extra gesagt…"

Die junge Frau zuckte die Achseln und wirkte völlig

überfordert. „Aber wenn er mich doch weggeschickt hat", murmelte sie verängstigt und Matt tat seine harsche Reaktion bereits leid.

„Schon gut", sagte er und lächelte sie beruhigend an. Dann klopfte er lauter gegen die Tür. „Er wird ja wohl kaum schlafen", murmelte er und dann wandte er sich in Richtung Treppe.

„Ich frage an der Rezeption nach. Vielleicht sitzt er noch in der Bar."

Im Foyer traf er auf die drei Beamten und teils heftig diskutierende und gestikulierende Frauen, von denen sich einige zu weigern schienen, ihre Personalien preiszugeben.

Die junge Beamtin, die scheinbar Gefallen an Matt gefunden hatte, schenkte ihm ein strahlendes Lächeln, als er an ihr vorbeikam und er erwiderte es.

Dann trat er an die Rezeption. „Haben sie Herrn Walther gesehen, ist er vielleicht in die Bar gegangen?"

Die junge Frau, die gespannt den Vorgängen um sich herum gefolgt war, schrak auf und sah Matt erschrocken an.

„Herr Walther, ist er vielleicht in die Bar gegangen?", fragte Matt nochmals geduldig und die junge Frau schluckte. „Oh, Entschuldigung. Aber so ein Chaos habe ich hier noch nie erlebt."

Matt lächelte verstehend.

„Ich habe ihn nicht vorbeikommen sehen, aber warten sie, ich kann anrufen." Sie nahm den Hörer und sah dabei auf den PC.

„Oh", machte sie und legte den Hörer auf. „Herr Walther hat vor einer Viertelstunde ausgecheckt."

Matt beugte sich nach vorn. „Was ausgecheckt, hier bei Ihnen?"

Die junge Frau schüttelte den Kopf. „Nein, online."

Kate beendete das Telefonat und sah zu Matt, der am Fenster stand und auf die Neundorferstraße hinabblickte. Sie erhob sich und stellte sich neben ihn.

„Also, das Management von Walther ist nicht beunruhigt. Er würde so etwas öfter einmal machen, einfach abtauchen. Wahrscheinlich gehört das zu seinem Bad -Boy- Image."

Kate drehte etwas die Augen nach oben.

Langsam schüttelte Matt den Kopf. „Trotzdem ist das irgendwie seltsam, du kannst mir sagen, was du willst. Ich habe kein gutes Gefühl dabei."

Kate klopfte ihm auf die Schulter und ging zu ihrem Schreibtisch zurück.

„Scheinbar hast du noch nicht viel mit durchgeknallten sogenannten Künstlern zu tun gehabt. Da ist das noch das harmloseste."

Sie deutete auf ihren PC. „Zumindest haben die randalierenden Damen reichlich Presse bekommen."

„Ich kann wirklich nicht verstehen, wie man wegen so einem Kerl derart die Contenance verlieren kann", sagte Chris, der gerade Kates Büro betrat.

Die lachte leise. „Fans halt. Sogar Karsten Windisch ist ziemlich von seinen sogenannten Thrillern angetan, also können sie gar nicht so schlecht sein."

„Da können wir ja froh sein, dass er nicht auch noch mitgemischt hat", warf jetzt Matt ein und alle drei lachten. Dann sah Kate Chris auffordernd an.

Der seufzte. „Laura hat noch nicht zurückgerufen", sagte er.

Sie nickte langsam. „Bestimmt ist noch die Polizei bei

ihr. Ich rufe Karsten direkt an. Wenn sie etwas gefunden haben, dann sagt er es mir."

Matt stand noch immer am Fenster. „Und was ist jetzt mit Walther?", fragte er.

„Nichts", meinte Kate. „Du machst deinen restlichen Urlaub, den ich dir deswegen unterbrochen habe und Chris schreibt dem Management von Walther die Rechnung. Das war`s."

Matt hatte das Büro verlassen, aber statt zu seinem Auto zu gehen, ging er Richtung Tunnel. Kate hatte sicher recht, ihre Aufgabe gegenüber Walther war beendet, aber sein Gefühl hatte ihn nur selten getäuscht. Auch wenn der Autor ein durchgeknallter Künstler war, wie seine Chefin es bezeichnet hatte, wobei sie zweifellos nicht Unrecht hatte, irgendetwas war an dieser Sache faul und dem würde er auf den Grund gehen.

Schließlich, dachte er mit einem Lächeln, hatte er Urlaub und wie er den verbrachte, war schließlich seine Sache.

Er betrat das Hotel Alexandra und hatte Glück, dass die junge Frau wieder an der Rezeption war, mit der er bereits an jenem Abend gesprochen hatte. Auch sie erkannte ihn wieder und schenkte ihm ein strahlendes Lächeln, das er erwiderte.

Dann beugte er sich etwas über den Tresen. „Eine Frage, hat Frau Lehner schon ausgecheckt?"

Das Lächeln der jungen Frau verschwand. Scheinbar dachte sie, Matt sei wegen Walthers Assistentin hier, an der er ein Interesse hatte.

Da er auf ihre Kooperation angewiesen war, zwinkerte er etwas. „Ich müsste sie noch etwas fragen wegen Herrn Walther, nur deswegen bin ich hier."

Scheinbar beruhigt, nickte die junge Frau. Dann sah sie in den PC.

„Tut mir leid, sie hat auch bereits ausgecheckt."

Er schüttelte betont deprimiert den Kopf. „Das ist wirklich dumm, ich meine, Herr Walther hat ja auch ausgecheckt und…" Er sah sich unauffällig um. „Ich sage das jetzt nur zu ihnen, wenn sie mir versprechen zu schweigen."

Eilends nickte die junge Frau.

„Er ist verschwunden", raunte er.

Sie runzelte leicht die Stirn. „Wie verschwunden? Verschwunden wie abgetaucht?"

Langsam schüttelte Matt den Kopf. „Ich fürchte fast etwas Schlimmeres."

Dann sah er sich um. „Gibt es im Haus oder der Tiefgarage Überwachungskameras?", fragte er.

Die junge Frau deutete über den Tresen. „Ja, hier, auf den Fluren und bei den Stellplätzen in der Tiefgarage." Dann sah sie ihn schulterzuckend an. „Aber sie werden kein Glück haben. Die Aufnahmen werden alle nach vierundzwanzig Stunden gelöscht. Datenschutz."

Das hatte ihm gerade noch gefehlt. So konnte ihm auch Steven nicht helfen.

Kapitel 6

Karsten Windisch nahm einen kräftigen Schluck von dem Kaffee und lehnte sich mit einem Seufzer zurück. „Das war jetzt genau das, was ich gebraucht habe."

Kate hatte sich mit dem Leiter der Spurensicherung in der Kaffeerösterei getroffen.

„Also", sagte dieser. „Da ich nicht denke, dass du nur einen netten Kaffeeplausch mit mir machen willst, sage ich es dir gleich. Wer immer Maximilian Krauses Wohnung verwüstet hat, hatte A einen Schlüssel, denn das Schloss ist unversehrt und auch sonst deutet nichts auf einen Einbruch hin und hat B Handschuhe getragen."

Er nahm noch einen Schluck aus der Tasse und stellte sie dann langsam ab. „Weißt du, ich denke, der oder die Täter haben etwas gesucht und das Chaos war nur Ablenkungsmanöver. Ein Journalist hat doch heutzutage entweder sein Zeug auf dem PC oder in einer Cloud gespeichert, der bewahrt doch keine Dokumente zu Hause auf."

Kate winkte Daniel mit ihrer Tasse zu und der nickte. „Und wenn es wirklich brisante Dokumente waren?", fragte sie und Karsten schüttelte den Kopf.

„Ich kenne eine Menge von Journalisten. Wäre da einer an einer heißen Story dran, der würde die Sachen so deponieren, dass sie sicher sind, in einem Schließfach der Bank beispielsweise. Aber doch nicht zu Hause, noch dazu in der eigenen Wohnung, nicht mal im Safe der Redaktion."

Während Kate mit einem Lächeln ihren neuen Kaffee entgegen nahm, überlegte der Leiter der Spurensicherung weiter. „Ich denke, alles sollte auf Krauses Nachbarin hindeuten."

Kate sah ihn erstaunt an. „Auf Andrada Pappatresku?"

Karsten nickte. „Sie hat einen Schlüssel und sie suchte nach Geld und Wertsachen, Rumänen halt", sagte er und wog den Kopf hin und her. „So sollte es aussehen und glaube mir, dass würden viele uneingeschränkt glauben."

Kate, die bei seinen Worten aufgefahren war, lehnte sich zurück. „Ja, leider. Da hast du nicht Unrecht und Andrada hat genau diese Befürchtung, dass sich die Polizei auf sie einschießt."

Der Leiter der Spurensicherung schüttelte den Kopf. „Und was hat sie dann mit Krause angestellt, ihn irgendwo verbuddelt? Quatsch. In der Wohnung ist es definitiv nicht zu einer Auseinandersetzung gekommen und so viele Zufälle auf einmal gibt es nicht. Krause verschwindet und die Nachbarin will seine Bude ausräumen? Nein, nein." Er schüttelte weiterhin heftig den Kopf. „Glaub mir, Krause war an einer Sache dran."

Kate trank nachdenklich von ihrem Kaffee und wischte sich langsam den Schaum von den Lippen.

„Aber woran?", murmelte sie mehr zu sich selbst als zu Karsten, der mit den Schultern zuckte.

„Haben wir denn überhaupt keine Möglichkeit herauszufinden, an welcher Sache Maximilian zuletzt dran war?"

Kate sah Laura, Maximilian Krauses Mitarbeiterin, auffordernd an. Sie saßen im Büro der *Freien Plauener Stimme* und die junge Frau drehte aufgeregt an ihren Dreadlocks. „Wie ich schon sagte, er hat solche Sachen auf seinem eigenen Laptop oder in seiner Cloud, aber dazu hat auch nur er Zugang."

Sie schüttelte verzweifelt den Kopf und sah Kate an. „Ich befürchte das Schlimmste", sagte sie leise und Kate sah, wie die Hand der jungen Frau zitterte.

„Wir sollten nicht gleich das Schlimmste annehmen", antwortete sie, mit mehr Optimismus in der Stimme, als sie tatsächlich empfand.

Maximilian Krause war seit fast 72 Stunden verschwunden und sie hatten nicht die geringste Spur. Trotzdem, oder gerade deshalb, durften sie nicht aufgeben.

Dann sah sie Laura wieder eindringlich an. „Fällt dir wirklich nichts ein, was auf einen Fall hindeuten könnte? Eine Bemerkung, eine Notiz, irgendetwas?"

Diese runzelte die Stirn, dann erhob sie sich und kramte auf ihrem Schreibtisch herum. Schließlich hellte sich ihre Miene auf und sie nahm einen kleinen Notizzettel, der völlig zerknüllt und dann wohl wieder geglättet worden war.

Sie reichte ihn Kate, die eine Telefonnummer darauf sah. Mit gerunzelter Stirn sah sie zu Laura auf. „Ja und?"

Diese machte eine hilflose Geste. „Den habe ich unter Max Schreibtisch gefunden. Ich wollte ihn wegwerfen, aber dann dachte ich, vielleicht ist es eine wichtige Notiz und habe ihn aufgemacht. Es ist eindeutig Max Handschrift und ich habe mich noch so gewundert, dass er sich eine Telefonnummer aufschreibt, das tut er sonst nie, er speichert sich Nummern sofort ein."

Kate zückte ihr IPhone, stellte es auf laut und wählte die Nummer. Es ertönte ein Besetztzeichen. Laura sah sie an. „Ich hatte es auch schon probiert, das Gleiche."

Nachdenklich legte Kate auf. „Eine Leipziger Vorwahl", sagte sie mehr zu sich selbst. „Und ein Festnetzanschluss."

Sie nahm das IPhone erneut und recherchierte.

Laura sah ihr über die Schulter. „Rückwärtssuche?", fragte sie und Kate nickte. „Ja, aber erfolglos."

Sie wählte eine Nummer „Steven? Ich brauche bitte mal einen Namen zu einer Telefonnummer. Nein, Rückwärtssuche hat nichts gebracht. Danke."

Sie legte auf und lehnte sich zurück. „Vielleicht haben wir Glück und eine erste Spur", sagte sie, als ihr Telefon klingelte.

Sie hörte zu und lächelte. „Danke, Steven", sagte sie und sah Laura an.

„Zumindest haben wir jetzt einen Namen."

Kapitel 7

Das ist wirklich lieb das du mich mitnimmst", sagte Kate bereits zum zweiten Mal, während Omar Amri gespielt genervt die Augen nach oben schraubte.

„Hör auf dich zu bedanken, ich bin doch froh, dass ich die Strecke nicht allein fahren muss."

Kate sah zu ihm hinüber. „Wolltest du nicht die Dozententätigkeit endgültig an den Nagel hängen?"

Dieser seufzte. „Ja, schon. Auch um Jasmin mit den Kindern zu entlasten. Aber die Uni hat mich so gebeten und meine Eltern sind der Meinung, dass sie sich gern mehr um ihre Enkel kümmern würden…"

Er brach ab und seufzte nochmals auf. Kate grinste.

„Das habe ich gesehen", murmelte Omar und sie lachte geradeheraus.

„Kurzum, du hast eine gute Ausrede", sagte sie und deutete mit der Hand nach vorn. „Da müsste es laut Navi sein."

Omar bog scharf in eine Parklücke ab, das aufgebrachte Hupen hinter sich ignorierend.

„Hey, geht's noch", brüllte ihm ein Fahrer eines nachfolgenden Wagens entgegen und zeigte ihm den Mittelfinger.

Kate sah Omar kopfschüttelnd an, nachdem sie sich von diesem Beispiel seiner unorthodoxen Fahrweise erholt hatte.

„Na was, wir Araber können doch eh nicht Auto fahren, wir haben die Fahrschule in der Wüste auf einem Kamel gemacht", sagte er und stieg aus.

Kate lachte. „Du denkst auch, dass du mit deinem Klischee immer und überall durchkommst, aber das bricht dir noch mal das Genick", sagte sie und hörte nur Omars gutmütiges Brummen hinter sich.

„Hier", sagte sie und drückte in einem relativ heruntergekommenen Altbauhaus auf einen Klingelknopf. Nichts regte sich.

Omar trat zurück auf die Straße und sah zu den Fenstern hinauf. „Gardinen zugezogen und das Licht brennt", murmelte er.

Ungläubig sah Kate ihn an. „Am helllichten Tag?"

Er zuckte die Schultern. „Die Energiekrise ist noch nicht bei allen angekommen", brummte er mit unterdrücktem Lachen.

Seufzend drückte Kate nochmals und dieses Mal länger auf den Klingelknopf.

„Niemand da", meinte sie resigniert, als Omar seine große Hand auf die gesamte Klingelanlage legte und zudrückte.

„Ja", ertönte eine brummige Frauenstimme.

„Amazon, ich habe ein Paket für Bachmann. Kann ich es abstellen?" Omar sprach mit deutlichem Akzent, was Kate fast ein lautes Lachen entlockte.

Ohne eine Antwort ging der Summer und sie betraten das Haus. Omar grinste Kate an. „Gib zu, ich bin immer für eine Überraschung gut."

Sie warf ihm einen Blick zu. „Ja, Herr Professor und sei froh, dass deine Studenten nichts davon erfahren."

Im dritten Stock angekommen, klingelte Kate wieder

Sturm an der Flurtür.

Gegenüber öffnete sich eine Tür und eine ältere Frau erschien im Türrahmen. „Sie sind aber nicht von Amazon", stellte sie mit rauer Stimme fest, die auf einen nicht unerheblichen Nikotinkonsum hinwies.

Kate zückte ihren Dienstausweis. „Kate Schulz, private Ermittlungen, das ist mein Kollege Amri. Wir suchen Herrn Nico Bachmann."

Die Frau warf einen Blick auf den Ausweis, dann musterte sie abwechselnd Kate und Omar.

Schließlich nickte sie brummend. „Hab' den auch schon paar Tage nicht gesehen. Keine Ahnung, wo der mal wieder ist. Student halt", sagte sie und wurde prompt von einem Hustenanfall geschüttelt, der beängstigend klang.

Sanft klopfte Omar ihr auf den Rücken, bis sie wieder Luft bekam und ihm mit einem schiefen Lächeln zunickte.

„Scheiß Raucherei", sagte sie augenzwinkernd und Omar lächelte nur.

Währenddessen hatte Kate einen Zettel geschrieben und wollte ihn an der Tür befestigen.

„Sie hätten wohl keine Reißzwecke?", fragte sie die Nachbarin, die sofort nickte. „Klar. Moment."

Innerhalb einer Minute kam sie mit einigen Exemplaren in der Hand zurück.

Omar fischte eine heraus und nahm Kate den Zettel ab. Er wollte ihn anzwecken, als prompt die Reißzwecke zu Boden fiel.

Kate wollte gerade hinzuspringen, als Omar sich

bückte, um das kleine Teil zu suchen, als er plötzlich innehielt.

Er ließ sich auf die Knie sinken und legte sich schließlich komplett vor die Tür.

„Ist ihnen übel?", fragte die Nachbarin erstaunt und Kate trat alarmiert neben ihn.

„Omar?", rief sie, als dieser sich genauso schnell, wie er sich hingelegt hatte, erhob.

„Ruf die Polizei", sagte er zu Kate.

„Sie wollten also Herrn Bachmann aufsuchen und haben den Geruch bemerkt, habe ich das richtig verstanden?"

Die junge Beamtin sah mit einem skeptischen Blick von Kate zu Omar, als habe sie zwei potenzielle Einbrecher vor sich. Inzwischen kam der Schlüsseldienst, gefolgt von zwei Rettungssanitätern und einem Notarzt die Treppen herauf.

Letzterer blieb abrupt stehen.

„Herr Professor Amri", rief er aus, stellte seinen Koffer ab, da der Schlüsseldienst eben erst begonnen hatte, die Tür zu öffnen und streckte Omar die Hand entgegen.

Omar sah auf die behandschuhte Hand, ergriff sie aber und schüttelte sie. „Ruderich, nicht wahr?"

Der Arzt nickte eifrig. „Sie erinnern sich noch?"

Omar sah sich zu Kate um und deutete auf den jungen Mann. „Einer der wenigen Studenten, die bei einer ausgeprägten Leberzirrhose mit einer Woche Liegedauer in einer Wohnung mit voll aufgedrehter Heizung mir nicht die ganze Pathologie vollgekotzt hat. Ich wusste, aus dem wird mal was Richtiges."

Wer Omar kannte, wusste, dass dies ein riesiges Kompliment war.

Scheinbar war das auch seinem ehemaligen Studenten bekannt, denn er verbeugte sich lächelnd.

„Danke, Prof, dann kann ich ja jetzt gleich ihre Fachexpertise in Anspruch nehmen."

Der Schlüsseldienst hatte die Tür geöffnet und nach dem Geruch, der jetzt in den Flur strömte zu deuten, war hier der Einsatz eines Notarztes definitiv nicht mehr nötig. Dieser wies mit einer eleganten Handbewegung auf die offene Wohnungstür.

Die junge Beamtin riss erstaunt die Augen auf.

„Aber sie können doch nicht…" stammelte sie, als Omar bereits forsch über die Schwelle schritt.

„Er kann und er wird", sagte Kate lakonisch. „Eine bessere Fachexpertise werden sie so schnell nicht bekommen. Herr Professor Amri ist ein anerkannter Rechtsmediziner."

Noch ehe sich die Beamtin sammeln konnte, war auch sie Omar gefolgt und blieb in der Tür zum Wohnzimmer stehen.

Der Geruch war wirklich fast unerträglich und nichts für einen schwachen Magen. Kate hörte ein leises Würgen hinter sich und sah in das grünliche Gesicht der jungen Beamtin, an deren Uniform der Name. *S. Simon* stand.

Omar kniete neben dem Toten, der bäuchlings auf dem Teppich lag. Er deutete auf den Kopf und sah den Notarzt an.

Dieser nickte. „Eindeutig ein Schlag."

Kate nahm die junge Frau am Arm und führte sie in den Flur. „Rufen sie besser ihre Kollegen von der Kriminalpolizei. Das war kein Unfall."

Erleichtert, dem Gestank und der Situation einigermaßen souverän zu entkommen, lächelte diese Kate gequält an und rannte nahezu in den Hausflur.

Kate entdeckte im Flur das Telefon, ein echt antiquares Stück aus DDR -Zeiten, mit danebengelegtem

Hörer.

Während die Beamtin im Flur telefonierte und Omar mit dem Notarzt fachsimpelte, ging sie in das Wohnzimmer und sah sich um.

Es war eine typische Studentenbude. Auffällig war ein riesiges Bücherregal mit einer Menge an verschiedenster Literatur.

Der Tote hatte scheinbar ein breites Spektrum an Interessen, so Kate das auf den ersten Blick erfassen konnte. Die Bücher wirkten auch alle, als seien sie in Gebrauch, überall lugten Zettelchen heraus.

Sie versuchte, den Gestank auszublenden und drehte sich langsam um sich selbst.

Alles war da, nur ein Computer oder Laptop fehlte.

Hauptkommissarin Martina Fritsch musterte Kate erst eine Weile schweigend, dann streckte sie die Hand aus. „Sie sind Mikes Frau, die FBI-Agentin?" Kate stand gemeinsam mit ihr und Omar im Hausflur, da der unmittelbare Tatort jetzt fest in der Hand der Spurensicherung war, die gerade ihr gesamtes Equipment in die Wohnung schleppte.

„Ehemalige FBI-Agentin", sagte Kate mit einem Lächeln und erwiderte den Händedruck.

„Mike und ich kennen uns von der Weiterbildung in Hamburg. Wir waren ja alle ganz begeistert von seinem Bericht über

die...ähm..."

„Wir favorisieren den Begriff interdisziplinäre Zusammenarbeit im multiprofessionellen Team", ergänzte Omar mit todernster Miene.

Als ihn die Hauptkommissarin verwirrt ansah, grinste er und schließlich brachen alle drei in verhaltenes Lachen aus.

Martina Fritsch deutete nach draußen.

„Setzen wir uns einstweilen in eins unserer Einsatzfahrzeuge, ich sehe zu, dass ich einen Kaffee organisieren kann."

Kate war schon froh, endlich an der frischen Luft zu sein und atmete tief ein.

„Hast dich aber gut gehalten", lobte sie Omar und klopfte ihr anerkennend auf den Rücken. Noch ehe sie antworten konnte, deutete Hauptkommissarin Fritsch auf ein Auto und sie stiegen

ein.

„Kaffee kommt", sagte sie und nahm Omar und Kate
gegenüber Platz.

„Was wolltet ihr von Bachmann?", kam sie unumwunden zum Kern.

Nachdem Kate ihren, wie immer knappen und trotzdem umfangreichen Bericht abgegeben hatte, nippte
Hauptkommissarin Fritsch an ihrem Kaffee, den ein
Beamter hereingereicht hatte. „Du denkst...ähm, ich
meine..."

Kate winkte ab. „Du ist okay. Ja, ich denke, es gibt einen Zusammenhang zwischen dem Verschwinden
unseres Journalisten und dem Toten."

Omar hob die Hand. „Aber nicht in der Richtung,
dass wir Maximilian für den Täter halten."

Er sah Kate auffordernd an.

Diese holte tief Luft. „Nein, das möchte ich auch
weitgehend ausschließen. Aber es muss eine Verbindung geben, nur welche?"

„Weitgehend? Du schließt es weitgehend aus?", fuhr
Omar dazwischen und die steile Falte zwischen seinen buschigen Brauen zeigte, das er mit dieser Aussage mehr als unzufrieden war.

Kate wusste, dass Omar den jungen Journalisten
mochte und wenn der Pathologe jemand mochte,
dann trübte das manchmal seine Wahrnehmung.

Sie wandte sich ihm zu und sah, wie er mit einem
leichten Schaudern den Kaffee, den die Hauptkommissarin für sie organisiert hatte, von sich schob.

„Omar, du weißt, dass wir am Anfang einer jeden Er-
mittlung niemand ausschließen und niemand

beschuldigen können, zumal hier alle Enden irgendwie lose erscheinen."

Er wollte zu einer Antwort ansetzen, nickte aber
dann brummend. „Hm", machte er nur.

Kate sah Hauptkommissarin Fritsch an, die interessiert ihrem kleinen Disput gelauscht hatte.

„Bei den Beratungen eures multiprofessionellen
Teams wäre ich zu gern einmal dabei", sagte sie und
grinste in ihren Kaffeebecher.

„Naja, ich sag mal so, da fliegen auch mal die Fet-
zen", sagte Kate, als an die Tür geklopft und gleich
darauf diese aufgeschoben wurde.

Eine junge Frau in Kleidung der Spurensicherung
streckte den Kopf herein. „Martina, du kannst rein."
Diese nickte und schob den leeren Kaffeebecher von
sich.

Ehe die junge Frau die Tür wieder schloss, sah Kate
sie an. „Haben sie einen Laptop oder Computer gefunden? Gesehen habe ich nichts."

Etwas verwirrt blickte die junge Frau die Hauptkommissarin an, die zustimmend nickte. „Nein, nichts.
Wenn er einen Laptop hatte, ist er weg."

„Danke." Kate hob etwas die Hand und die junge
Frau nickte und schloss die Tür.

„So, ich muss dann mal", sagte Martina Fritsch und
erhob sich.

„Können wir eigentlich wieder nach Plauen, oder?"
Omar sah sie auffordernd an.

Die Hauptkommissarin zögerte einen Augenblick,
dann nickte sie. „Ihr zwei lauft mir ja nicht weg. Ich

setze mich sowieso mit Mike in Verbindung für den Fall, dass es doch einen Zusammenhang zwischen Bachmann und eurem verschwundenen Journalisten gibt."

Sie hob die Hand und stieg aus dem Wagen.

Omar sah Kate an. „Fahren wir?"

Sie nickte. „Aber nicht nach Hause, sondern zur Uni", ergänzte sie.

Nico Bachmann hatte, wie Kate schon stark vermutete, Literatur studiert und dank der Tatsache, dass Professor Doktor Omar Amri hier bekannt wie der sprichwörtliche bunte Hund zu sein schien, bekamen sie ziemlich zügig und unbürokratisch jegliche Auskunft.

„Und das mit Sicherheit noch vor der Polizei", sagte Omar und zwinkerte Kate zu, während er in Richtung Mensa steuerte, wo sich, nach Aussage einer Universitätsmitarbeiterin, einige Kommilitonen von Baumann aufhalten sollten.

Kate hatte zwar ein paar leise Skrupel, diesen vor der Polizei reinen Wein einschenken zu müssen und hoffte, die nette Hauptkommissarin Fritsch damit nicht in Schwierigkeiten zu bringen.

„Kate, der Zweck heiligt die Mittel, sagst du übrigens immer", meinte Omar, der ihr Zögern richtig zu deuten schien.

Entschlossen nickte sie. Sollte doch ein Zusammenhang zwischen Maximilian Krauses Verschwinden und Nico Baumanns Tod bestehen, dann befand sich Maximilian höchstwahrscheinlich in Lebensgefahr.

„Wenn er noch lebt", sagte eine leise Stimme in ihrem Kopf, die sie zu ignorieren versuchte.

Abgelenkt wurde sie, als sie die lichtdurchflutete Mensa betraten und Omar von allen Seiten begrüßt wurde.

Dieser fragte sich auch gleich durch und sie wurden an einen Tisch verwiesen, der mit sechs jungen Leuten besetzt war, zwei Mädchen und vier Jungs.

Einer der jungen Männer, ein schlaksiger Typ mit einer ziemlichen Akne, sah fast erschrocken zu Omar auf. „Oh, Herr Professor, guten Tag", sagte er verhalten.

Omar grinste. „Ach, Buchinger. Na, haben sie doch in Medizin das Handtuch geworfen? War auch besser so."

Kate hielt die Luft an bei Omars schonungsloser Bilanz, die den jungen Mann um einige Zentimeter zu schrumpfen lassen schienen.

„Ist auch nicht jedermanns Sache, das wäre auch schlimm, immerhin brauchen wir auch noch ein paar Geisteswissenschaftler", ergänzte er, nachdem er Kates Blick auf sich gespürt hatte und klopfte dem jungen Mann mit seiner großen Hand auf die Schulter. Dieser zuckte unwillkürlich zusammen, lächelte aber dann verhalten.

Omar ließ seine große Pranke auf seiner Schulter liegen. „Sagen sie, Buchinger, wie gut kannten sie Nico Baumann?"

„Kannten?", fragte dieser irritiert nach.

Jetzt hatte Omar auch die Aufmerksamkeit der anderen Studenten. Er nickte. „Ja, kannte. Nico Baumann ist tot und das schon seit einigen Tagen."

Eine der jungen Frauen ließ ein Aufkeuchen hören und schlug die Hand vor den Mund. „Tot? Das ist ja schrecklich."

Omar nahm endlich die Hand von der Schulter des bedauernswerten jungen Mannes, der sich kaum zu regen wagte und sah die junge Frau an.

„Ja. Und nicht nur das. Er wurde ermordet und in ein paar Stunden, spätestens, wird die Polizei bei ihnen aufkreuzen."

„Ich kann mir nicht vorstellen, dass Nico Feinde hatte. Er war so ein ganz Stiller."

Anne Wildner, die junge Frau, die jetzt neben Kate saß, hatte sich wieder etwas gefangen, hielt aber das Taschentuch, dass diese ihr gegeben hatte, noch immer fest umklammert. Kate nickte verständnisvoll.

„Waren sie viel zusammen?" Kate deutete mit dem Kopf zu den anderen Studenten, die neben ihnen am Tisch saßen.

Die junge Frau zuckte die Schultern. „Wir waren in einer Lerngruppe. Nico, Sabrina, Lennard und ich. Aber Nico hat nebenbei gejobbt, um sich überhaupt das Studium leisten zu können, da blieb ihm nicht viel Zeit."

„Wo hat er gejobbt?"

Anne Wildner fuhr sich mit den Händen durch die langen Haare und seufzte. „Er hatte immer Aufträge zum Schreiben, das konnte er richtig gut, manchmal hat er auch lektoriert, aber meist geschrieben."

„Und was?" Kates Blick ging zu Omar, der mit zwei der jungen Männer eifrig diskutierte.

„Biografien, oder Aufträge für Autoren."

„Er war ein Ghostwriter?"

Die junge Frau zuckte die Schultern. „Ich weiß nicht, ob man das so nennen kann. So viel hat er nicht dazu erzählt."

Kate ergriff ihr IPhone und zeigte Anna Wildner ein

71

Bild. „Das ist Maximilian Krause, ein Journalist. Haben sie den im Zusammenhang mit Nico einmal gesehen oder seinen Namen gehört?"

Interessiert sah die junge Frau auf das Bild, schüttelte aber den Kopf. „Nein, tut mir leid."

Kate nickte lächelnd. Naja, das wäre auch zu schön gewesen.

„Kann ich das Bild mal sehen", fragte plötzlich der schlaksige junge Mann, den Omar Buchinger genannt hatte, und der jetzt hinter sie getreten war.

Bereitwillig hielt Kate ihm das Bild hin.

Er nickte langsam. „Ja, den kenne ich. Der war einmal bei Nico und hat sich gerade verabschiedet, als ich zu ihm kam. Das ist vielleicht zwei Wochen her."

Kapitel 8

„Kommissarin Jäger? Hier ist ein Matthew Fisher für
sie, von Schulz Security."

Marianne Jäger zog kurz erstaunt die Brauen nach
oben. „Schicken sie ihn bitte hoch, danke", sagte sie
und legte den Hörer auf. Das Kates Mitarbeiter wie
Steven Neubauer oder Chris Töpfer als ihr Stellvertreter ins Polizeipräsidium und da meist zu Mike kamen war keine Seltenheit, aber das Matt ausgerechnet zu ihr wollte wunderte sie.

In diesem Moment klopfte es und der große ehemalige US-Marine schob sich zögerlich in Mariannes
kleines Büro. Sie stand auf und streckte ihm die
Hand entgegen. „Hallo, Matt, nimm doch Platz."
Sie deutete auf einen kleinen Tisch und setzte sich zu
ihm. Dieser kam der Aufforderung zögerlich nach.

„Also?", fragte Marianne auffordernd, nachdem sie
erkannt hatte, dass der ehemalige Scharfschütze wohl
nicht von allein beginnen würde.

„Es geht um Fred D. Walther", begann er.

Marianne, die sich und ihm ein Glas Mineralwasser
hingestellt hatte, sah ihn erstaunt an. „Den Autor
dessen weibliche Fans fast das Hotel auseinanderge-
nommen haben?"

In Erinnerung daran musste Matt grinsen. „Naja, es
war schon ganz schön chaotisch", meinte er, dann
wurde er ernst. „Ich hatte Walther aus der Schusslinie gebracht und ihn auf seine Suite geschickt, zusammen mit seiner Assistentin. Nachdem die Polizei

eingetroffen war, wollte ich nach ihm sehen, aber er war weg. Laut Rezeption hatte er ausgecheckt und ist, obwohl er noch weitere Lesungen hatte, die ich begleiten sollte, abgereist."

Marianne nippte an ihrem Glas und sah ihn interessiert an. Matt zuckte leicht die Schultern.

„Kate hat sich mit dem Management in Verbindung gesetzt und die meinten, dass wäre nichts Neues bei Walther, das er einfach untertaucht. Kate hat Chris die Rechnung schreiben lassen und mich wieder in den Urlaub geschickt."

„Aha", war alles, was Marianne sagte.

Matt hob etwas die Hände. „Ich hatte ein ungutes Gefühl dabei, also habe ich seine Assistentin kontaktiert. Ihre Telefonnummer über Walthers Verlag zu bekommen war nicht schwer. Sie konnte mir allerdings auch nichts anderes sagen. Sie hatte es mehrfach erlebt, das Walther für ein paar Tage oder auch Wochen untergetaucht war, ohne dass jemand wusste, wo. Plötzlich sei er dann wieder da gewesen, ohne Erklärung."

Matt räusperte sich. „Trotzdem, ich musste einfach weiter machen, also bat ich Steven um Hilfe und über ihn habe ich die Adresse von Walters Schwester herausbekommen, Rebecca Scheel. Sie ist in Wunsiedel verheiratet. Ich habe sie kontaktiert und sie hat mir völlig aufgelöst berichtet, dass ihr Bruder sich seit Tagen nicht bei ihr gemeldet hat und das sei ungewöhnlich. Auch in den Phasen, die er kreative Auszeit nennt, meldet er sich zumindest bei ihr. Sie

haben scheinbar ein inniges Verhältnis zueinander."
Marianne stellte ihr Glas ab und lehnte sich etwas zurück. „Hat sie Vermisstenanzeige aufgegeben?"
Matt nickte. „Ja, aber die bayrischen Kollegen nehmen das wohl nicht für ernst."
Marianne schüttelte den Kopf. „Matt, Walther ist volljährig, er ist Künstler und bekannt dafür, immer einmal abzutauchen. Sag ehrlich, würdest du vor diesem Kontext einer Vermisstenanzeige hohe Priorität einräumen?" Dieser nickte zögerlich.
„Also bitte. Natürlich mag an deiner Vermutung etwas dran sein, wenn er wirklich so ein gutes Verhältnis zu seiner Schwester hat und sich sonst täglich meldet." Sie nagte etwas an ihrer Unterlippe.
Matt rutschte auf seinem Stuhl etwas nach vorn.
„Marianne, dieser Walther ist ein egomanischer Narziss und mit Sicherheit kein angenehmer Zeitgenosse, aber ich war für seinen Schutz verantwortlich und ich sage dir, hier stimmt etwas nicht."
Marianne lächelte. „Das hast du wirklich schön gesagt. Naja, er polarisiert mit seinen Büchern und nach der Sache im Alexandra liegst du vielleicht mit deiner Vermutung gar nicht so falsch."
Sie klopfte leise mit den Fingerspitzen auf den Tisch.
„Und wie kann ich dir jetzt helfen?"
Matt seufzte. „Ich wollte das Steven ihn trackt, aber das hat er abgelehnt. Er meinte, Kate zerreißt ihn in der Luft, wenn er das ohne ihre Einwilligung oder der von Mike macht. Ich dachte, ob du vielleicht…"

Er beendete den Satz nicht und schwieg.

Marianne holte tief Luft. Sie wusste, dass Matt ein sehr rationaler Mensch war, der nichts irgendwo hineininterpretierte oder sich von reinen Emotionen leiten ließ. Vielleicht hatte er recht und irgendetwas an Walthers Verschwinden war faul.

Sie stand auf und Matt tat hastig das gleiche.

„Pass auf, ich setze mich mit den bayrischen Kollegen in Verbindung und dann spreche ich mit Mike, okay?"

Matt schüttelte ihre Hand. „Danke", sagte er leise.

Dann verließ er mit einem Nicken das Büro.

Marianne sah ihm sinnend nach. Nein, sie war sich jetzt ganz sicher, dass mit dem plötzlichen, angeblichen abtauchen von Fred D. Walther irgendetwas nicht stimmte.

„Gut, ich setze mich mit Martina in Verbindung",
sagte Mike und seufzte. „Also scheint es doch einen
Zusammenhang zwischen Maximilians Verschwinden und Baumanns Tod zu geben."
Er hörte Kate am anderen Ende der Leitung ebenfalls
seufzen.
„Das ist zu erwarten und das macht mir Angst. Außerdem mache ich mir Gedanken, dass Hauptkommissarin Fritsch Schwierigkeiten bekommt, weil wir
vor ihr in der Uni waren und Nico Baumanns Mit-
kommilitonen befragt haben."
Mike lachte. „Da mach dir mal keine Gedanken, Martina ist unserer Marianne sehr ähnlich, sie ist eher
eine Stille, aber sie kann unheimlich zäh sein. Der
fährt keiner so schnell an die Karre. Aber ich regle
das. Wann kommt ihr zurück?"
Kate lachte verhalten. „Wenn Herr Professor Amri
die Autopsie bei Nico Baumann beendet hat."
Mike fuhr unwillkürlich in seinem Schreibtischstuhl
auf. „Was, er musste die übernehmen?"
„Musste?", erwiderte Kate und gab einen brummen-
den Ton von sich. „Er hat alle davon überzeugt, was
für ein Glücksfall es für sie ist, dass er gerade in der
Stadt ist und sich, bescheiden wie er ist, nicht lange
bitten lässt."
Jetzt ließ Mike ein lautes Lachen hören.
„Das ist Omar, wie er leibt und lebt." Er räusperte
sich. „Aber vielleicht ist es gar nicht so schlecht,
wenn Omar den berühmten Fuß in der Tür hat. Ich
rufe jetzt schnellstens Martina an."

„Tu das", sagte Kate. „Ich denke, am späten Abend sind wir wieder in Plauen, immer vorausgesetzt, ich kann Omar hier rechtzeitig loseisen. Er war heute wieder in seinem Element, sag ich dir."

Mike grinste vor sich hin. „Du machst das schon."

Kate hatte recht behalten. Pünktlich gegen 22.30 Uhr setzte Omar sie vor der Tür ab. „Komm doch noch mit rein, Mike wird ein paar Details wissen wollen."
Omar blickte zu seinem Haus, aber dort war es dunkel. Die Zwillinge waren bei den Großeltern und Jasmin nutzte wohl die Gelegenheit, zeitig ins Bett zu gehen und etwas Schlaf nachzuholen.
„In Ordnung", sagte er. „Ich fahr nur das Auto in die Garage und komme dann rüber."
Kate betrat den Flur und hörte in der Bibliothek eine leise Unterhaltung. Als sie eintrat, sah sie die Flasche Rotwein auf dem Tisch und zwei Gläser.
„Aha, kaum bin ich aus dem Haus, holst du dir eine Andere", sagte sie mit in die Hüfte gestemmten Händen und steuerte auf die Frau im Sessel zu, die sich erhoben hatte und sie fest in die Arme schloss.
Kate legte ihre Arme um sie. „Marianne, das ist ja eine Überraschung."
Sie sah sich um. „Ist Torben nicht mitgekommen?"
Diese schüttelte den Kopf, während Mike sich erhob, Kate einen Kuss auf die Wange drückte und in Richtung Küche lief. „Ich hole dir ein Glas Limonade."
„Bring gleich zwei, Omar kommt noch rüber, er bringt nur seinen Wagen weg."
Dann wandte sie sich wieder Marianne zu, die Platz genommen hatte. „Mike und ich haben etwas dienstliches besprochen und dabei sind wir ins Plaudern gekommen und naja…"
Kate deutete auf die fast leere Rotweinflasche.
„Aber hoffentlich hast du Torben angerufen."

Die Kommissarin nickte.

Nachdem sie vor nicht allzu langer Zeit lebensgefährlich verletzt worden war, lebte ihre Familie in ständiger Angst um sie und besonders ihr Mann hätte es gern gesehen, wenn Marianne den Dienst endgültig quittiert und in den wohlverdienten Ruhestand gegangen wäre.

Obwohl Mike jetzt mit Kommissarin Mary Struwe eine neue Partnerin hatte, mit der er sich überraschenderweise sehr schnell gut verstand, blieben er und Marianne das alte Dreamteam, wie Kate es nannte und auch im Innendienst, den Kommissarin Marianne Jäger sich erkämpft hatte, wollte sie immer noch etwas an der Basis mitmischen.

Etwas, was Mike, Kate und auch viele andere Kollegen gut verstehen konnten.

In diesem Moment klingelte es und Mike ließ Omar ein, der ebenso erstaunt war, Marianne vorzufinden und schloss diese spontan in eine seiner bärenhaften Umarmungen. „Wie geht es dir?", fragte er und nahm Platz.

„Gut, danke", antwortete sie noch etwas atemlos, sich von Omars Umarmung erholend. Mike, der Omar ebenso ein Glas Limonade hingestellt hatte, nahm ebenfalls Platz.

„Und, was kam bei der Autopsie heraus?", fragte er Omar, der einen tiefen Zug aus seinem Glas genommen hatte.

„Wie ich bereits vermutet hatte beim Auffinden der Leiche. Einwirkung stumpfer Gewalt auf den Kopf.

Ein einzelner Schlag. Das Tatwerkzeug ist im Übrigen schon identifiziert, eine afrikanische Statue aus Ebenholz. Scheinbar gehörte sie dem Toten. Der Täter oder die Täterin stand genau hinter ihm und hat ihm, während er sich nach vorn beugte, vielleicht um etwas zu lesen, was auf dem Tisch lag, die Statue über den Schädel gezogen."

Mike sah ihn an. „Ein einzelner Schlag, da war ziemlich viel Kraft im Spiel."

Omar wog den Kopf langsam hin und her.

„Nicht unbedingt. Natürlich braucht man etwas Schwung, aber mit so einer Statue, da kann man einiges an Schaden anrichten. Ein offenes Schädel-Hirn-Trauma, der Schädelknochen wurde durchbrochen, die Kopfhaut und die harte Hirnhaut zerrissen und das Gehirn lag ja schon bei der Auffindesituation teilweise frei."

„War er sofort tot?", fragte Mike nach.

„Nein, er dürfte noch eine Weile gelebt haben, ich tippe auf ein bis zwei Stunden, aber definitiv bewusstlos gewesen sein."

Der Pathologe hielt Mike sein leeres Glas entgegen. Dieser erhob sich und ging damit in die Küche.

„Hätte er eine Chance gehabt, wenn man ihn rechtzeitig gefunden hätte?", fragte Marianne und bemühte sich um einen neutralen Tonfall.

Auch sie hatte schwerste Schädelverletzungen gehabt und es war nur einem Jogger zu verdanken, der sie rechtzeitig gefunden hatte, dass sie noch lebte.

Omar warf ihr einen Blick zu.

„Nein, nicht bei der Schwere der Verletzungen."
Er nahm von Mike sein erneut gefülltes Glas entgegen. „Und warum habt ihr euch hier so konspirativ zusammengefunden?", fragte er und lächelte ihn und Marianne an.

Letztere räusperte sich etwas und sah zu Kate hinüber. „Matt war bei mir, er macht sich Sorgen um diesen Autor, der verschwunden ist."

Kate zog leicht die Stirn in Falten.

„Walther? Aber das hatte ich doch schon mit seinem Management geklärt. Er würde öfter abtauchen, gehört scheinbar wie vieles andere zu seinem Klischee des Bad Boy."

Mike nahm einen Schluck aus seinem Glas und lehnte sich zurück. „Matt hat mit seiner Schwester, einer Rebecca Scheel gesprochen, die ihrerseits bereits eine Vermisstenanzeige bei der Polizei Wunsiedel gestellt hat. Scheinbar hat man es dort auch nicht ganz ernst genommen, immerhin ist Walther ein erwachsener Mann, der tun und lassen kann, was er will." Er deutete auf seine Kollegin. „Marianne hat schließlich noch mal mit der dortigen Polizeidienststelle telefoniert, die ihr genau das bestätigt hat. Dann hat sie mich informiert und ich habe dann, einfach um Matt einen Gefallen zu tun, mit Walthers Schwester telefoniert. Sie erschien mir sehr vernünftig und auch sehr besorgt um ihren Bruder, der privat scheinbar doch etwas anders ist als das Image, das er als Autor pflegt. Ganz gleich wo immer er auch ist, er telefoniert täglich mit seiner Schwester.

Auch, weil sie die demenzkranke Mutter der beiden pflegt und er sie finanziell unterstützt, da sie deshalb ihre Halbtagsstelle aufgegeben hat. Walther ist, so sagte sie mir, zwar etwas exzentrisch, aber ein absoluter Familienmensch, auch wenn er das vor seiner Fangemeinde verborgen hält. Das er nichts von sich hören lässt, besorgt sie sehr."

Kate sah erst Mike, dann Marianne an. „Das wusste ich nicht. Jetzt tut es mir leid, dass ich Matts Befürchtungen nicht ernst genommen habe."

Marianne winkte ab. „Ich gebe zu, habe ich auch erst nicht. Aber jetzt? Wir sollten uns des Falles annehmen, denn immerhin war er zuletzt hier in Plauen."

Kate runzelte die Stirn. „Vielleicht solltet ihr noch mal mit den Damen sprechen, die Walther im Hotel Alexandra angegriffen haben. Da scheinen sich ja einige von ihnen richtig auf ihn eingeschossen zu haben und zu meinem Erstaunen ist Angelika Volmer so eine Art Kopf dieser Vereinigung wider Walther."

Marianne machte sich einige Notizen. „Kennst du sie?", fragte sie Kate, über ihren Notizblock hinweg schauend.

Diese nickte. „Ja, Schwester Angelika, sie arbeitet beim Pflegedienst Heimat. Es ist mir ein Rätsel, dass sie bei so einer Sache mitmischt."

Marianne legte ihren Block zurück auf den Tisch. „Gut, vielleicht wäre das eine Spur. Aber mal im Ernst. Walther schreibt Thriller, auch wenn seine Äußerungen umstritten sind und er gern polarisiert, ist das ein Grund ihn verschwinden zu lassen?"

„Versteh einer die Frauen", murmelte Omar, was ihm einen eisigen Blick von Kate einbrachte.

Er öffnete die Hände in ihre Richtung. „Na was? Dazu gibt es reale Beispiele, ich erinnere mich noch…"

In diesem Moment schaltete sich Mike ein. „Jetzt lass doch erst einmal Marianne ermitteln."

Omar zuckte beleidigt mit den Achseln und nahm einen Schluck Limonade.

Kate grinste. „Schmoll nicht", sagte sie leise und er sah sie über den Rand des Glases an und als er es absetzte, lächelte er.

Kate wurde wieder ernst. „Gut, Marianne kümmert sich also um diesen verschwundenen", hier malte sie Gänsefüßchen in die Luft, „Thrillerautor. Aber mir geht es um Maximilian Krause und der ist wirklich verschwunden. Wie und warum kam er zu diesem Baumann? Und der ist jetzt tot."

Omar trommelte leise mit den Fingern auf die Lehne des Sessels. Als Kate ihn aufmerksam ansah, zog er die Unterlippe zwischen die Zähne.

„Baumann hat den Täter- Schrägstrich die Täterin gekannt. Er war arglos, er hat sich über den Tisch gebeugt. Mit Sicherheit hat er etwas gelesen. Der Schlag kam von hinten und er hatte dem nichts entgegenzusetzen."

Kates sah ihn erstaunt an. „Du denkst doch nicht das Max…"

„Nein", unterbrach er sie ungewohnt heftig. „Das habe ich doch nicht gemeint. Was ich sagen will, ist, dass es kein Einbruch oder etwas in der Art war. Baumann kannte den Täter und hat ihm vertraut."

Kate nickte langsam, dann erhob sie sich.

„Oder", sagte sie etwas gedehnt. „Er hat ihm oder ihr eine solche Tat überhaupt nicht zugetraut."

Kapitel 9

Kate war bei Steven Neubauer angekommen und war erstaunt, dass ihre ehemalige Angestellte, Annalena „Abby" Heimat, ihr die Tür öffnete.

Nachdem sie Abby. die ziemlich verschlafen aussah, umarmt hatte, schob sie sie ein Stückchen von sich weg und musterte sie aufmerksam. „Ich dachte, du bist in Leipzig?"

Die Angesprochene gähnte und deutete Kate, ihr in die Wohnung zu folgen. Der Geruch von frisch gebrühtem Kaffee wabbelte ihr entgegen und überall in der Küche lagen aufgeschlagene Lehrbücher, Notizzettel und Aufzeichnungen aller Art auf jeder freien Fläche einschließlich dem Fußboden herum.

„Sieht schwer nach Arbeit aus", kommentierte Kate das Chaos, über das sie vorsichtig stieg.

„Ich habe nächste Woche Prüfungen und das Gefühl, ich weiß nix", stöhnte Abby und sank auf den einzigen freien Stuhl. Dann streckte sie den Finger in Richtung Kate. „Dir und Omar habe ich das alles zu verdanken." Sie machte eine Handgeste in Richtung der Bücher.

Kate lachte auf. „Was? Weil wir dich zum Studium gedrängt haben und du nicht weiter bei mir am Empfang versauerst?"

„Hör einfach nicht auf sie, das ist besser so", sagte eine Stimme von hinten und als sich Kate umdrehte, stand Steven, Abbys Freund, im Türrahmen und hielt eine Tasse grünen Tee in der Hand.

Er warf Abby einen Luftkuss zu, was sie mit einem hochschrauben der Augen kommentierte und deutete auf die Kaffeemaschine. „Schnapp dir eine Tasse und komm aus dieser Räuberhöhle rüber zu mir."

Stevens Raum, den er als kleines Büro nutzte, war, wie immer akribisch aufgeräumt und es wurde Kate klar, dass er unter Abbys Chaos leiden musste wie ein Hund. Mit einem Seufzer nahm er Platz und deutete auf einen Sessel.

„Das geht vorbei", murmelte Kate und deutete in Richtung Küche.

„Hoffentlich bevor ich in die Psychiatrie einrücken muss", murmelte er zurück und grinste schief. Dann wurde er ernst. „Hast du etwas von Max gehört?"

Kate schüttelte den Kopf. „Wir wissen bisher nur, dass es eine Verbindung von ihm zu diesem Baumann gibt."

„Den Toten von Leipzig?", fragte Steven nach.

Kate nickte stumm, während Steven die Fingerkuppen aneinanderlegte und nachdachte. „Wie weit ist denn Mike mit der Providerabfrage von Max Handy?"

Kate winkte ab. „Ist raus, aber ich muss dir nix sagen."

Steven nickte und warf einen Blick auf seinen Laptop, der vor ihm thronte wie ein Heiligtum. „Ich wäre schneller, aber das könnte Probleme mit sich bringen", sagte er leise und Kate sah ihn an.

„Ich rede mit Staatsanwalt Gebhardt. Wenn er mir Rückendeckung gibt, könnten wir loslegen?"

Fragend sah sie Steven an, der nickte. „Klar. Ich rede inzwischen noch mal mit Laura, vielleicht hat sie doch noch eine Ahnung, wie wir an seine Cloud herankommen, legal meine ich."

Kate erhob sich. „Mach das und… viel Durchhaltevermögen", sagte sie und deutete in Richtung Küche.

Staatsanwalt Doktor Gebhardt sah Kate eine Weile schweigend an, nachdem diese ihre Ausführungen beendete hatte.

Dann erhob er sich und deutete ihr mit einer Geste sitzen zu bleiben. Langsam ging er im Zimmer auf und ab. Kate kannte inzwischen diesen Tick, wie sie ihn im Stillen nannte. Scheinbar konnte Gebhardt so besser denken. Schließlich blieb er vor ihrem Sessel stehen.

„Es könnte erhebliche Schwierigkeiten mit den Leipziger Kollegen mit sich bringen, wenn ihr Mitarbeiter, der faktisch nicht autorisiert ist…" Er brach ab, weil Kate die Hand hob.

„Steven Neubauer würde, wie er es immer tut, so lange wie möglich unter dem Radar fliegen."

Gebhardt zog die Augenbrauen nach oben.

„Ja, das weiß ich und ehrlich, Frau Schulz? Er hat uns schon mehrfach sehr geholfen und unter dem Radar zu fliegen, wie sie es nenne, Frau Schulz, scheint ja eine Spezialität von ihm zu sein", sagte er schmunzelnd.

Eines musste man dem Staatsanwalt lassen, er wusste gute Arbeit zu schätzen und vergaß es auch nicht. Schließlich nahm er wieder Platz. Er atmete tief ein und langsam aus, dann sah er Kate entschlossen an.

„Wenn Herr Krause wirklich in Gefahr ist, will ich mir nicht vorwerfen lassen, durch bürokratischen Kleingeist Schuld daran zu tragen, dass ihm etwas zustößt. Sie haben mein Okay, aber vorerst nur unter der Hand. Wenn es aber hart auf hart kommen sollte, werde ich mich vor Herrn Neubauer stellen, sagen sie ihm das."

Erleichtert erhob sich Kate und reichte dem Staatsanwalt die Hand, die dieser lächelnd ergriff.

„Ich habe jetzt etwas gut bei ihnen", sagte er leise und Kate nickte.

Hauptkommissarin Martina Fritsch schaute grübelnd auf die Daten, die ihr ein Kollege gerade per E-Mail zugeschickt hatte. Für einen Studenten, wenn auch mit einem Nebenjob als Lektor, hatte Nico Baumann beträchtliche Einnahmen. Sie schaute sich die Exel-Tabelle etwas näher an, dann nahm sie das Telefon. „Torsten? Martina hier. Sag mal, ich schaue gerade die Einnahmen von Baumann an, die du mir geschickt hast. Ziemlich beeindruckend die eine oder andere Summe. Vor allem, sind die Geldflüsse irgendwie verschleiert?"

Sie lauschte eine Weile, dann lachte sie auf. „Habe ich es mir doch gedacht. Dann hängt euch mal rein. Irgendeine Spur muss es doch geben."

Sie legte auf und dachte eine Weile nach. Dann nahm sie erneut den Hörer und rief das Plauener Polizeipräsidium an. „Guten Morgen, Mike. Gibt es bei euch etwas Neues zu dem verschwundenen Journalisten?" Als dieser das verneinte, berichtete sie ihm von den teils hohen Einnahmen, die Nico Baumann auf seinem Konto hatte.

„Unsere IT-Abteilung wird versuchen, die Geldströme zurückzuverfolgen, denn einige sind anonym überwiesen." Sie atmete tief ein. „Also, wenn es etwas Neues gibt, informieren wir uns gegenseitig?" Mit einem Lächeln wandte sie sich wieder ihrem PC zu, ohne auch nur zu ahnen, dass gerade in diesem Moment die Exel-Tabelle, auf die sie grübelnd schaute, auf einem Laptop in Plauen aufploppte.

Kapitel 10

„Ehrlich Kate, glaubst du, dass Max noch lebt?"
Über Lauras Wangen rannen Tränen und sie sah aus,
als habe sie die ganze Nacht nicht geschlafen.
Sie war vor einer Stunde ins Büro von Schulz
Security gekommen und hatte dort auf Kate gewar-
tet. Chris hatte derweil versucht, die sichtlich aufge-
löste Mitarbeiterin der *Freien Plauener Stimme* zu be-
ruhigen, was ihm aber nicht wirklich gelungen war.
Er hatte geradezu erleichtert gewirkt, als Kate das
Büro betrat und Laura mit in ihr Zimmer nahm.
Sie saß jetzt nur auf der Kante des ihr angebotenen
Sessels und sah Kate geradezu hypnotisch an. Diese
nahm ihr gegenüber Platz und reichte ihr ein Glas
Mineralwasser.
„Laura, ich kann dir nicht versprechen das Max lebt,
aber glaube mir, die Polizei und auch wir hier tun alles, was möglich ist ihn zu finden."
Die junge Frau ignorierte das Getränk und schloss
die Augen.
„Die Polizei? Glaubst du wirklich, die interessieren
sich für einen durchgeknallten Journalisten wie Maximilian Krause, der ihnen schon genügend Ärger gemacht hat?"
Kate stand auf und stellte sich vor Laura hin.
„Jetzt hör mir mal zu. Ganz gleich, wer welche Meinung zu Maximilians Arbeit hat, jedem ist klar, dass
sein Leben vermutlich in Gefahr ist und jeder, hörst
du, jeder tut alles, um ihn zu finden. Mike und seine

Kollegen, Omar, der Staatsanwalt und von meinen Mitarbeitern will ich gar nicht sprechen."

Kate hatte in ihrem FBI-Ton gesprochen, wie Mike es nannte und es schien auch dieses Mal nicht seine Wirkung zu verfehlen.

Laura war in dem Sessel instinktiv nach hinten gerutscht und starrte Kate mit aufgerissenen Augen an.

„Das…das…ähm, sorry. Ich wusste nicht…", stammelte sie und schloss schließlich den Mund.

Kate legte ihr eine Hand auf die Schulter.

„Du stehst unter Druck wie wir alle. Also, geh zurück in die Redaktion. Wenn du noch irgendetwas findest, egal wie unbedeutend es dir auch scheinen mag, ruf mich sofort an, ja?"

Laura seufzte und nickte. „Ja und entschuldige."

Kate winkte ab und begleitete sie nach draußen, wo Chris ihr einen fragenden Blick zuwarf. Als Laura die Tür hinter sich geschlossen hatte, trat Kate zu ihrem Stellvertreter.

„Ihre Nerven liegen blank", sagte sie entschuldigend, als ihr IPhone aufleuchtete. „Das ist Steven", sagte sie und stellte auf laut.

„Also Leute", begann dieser und Kate merkte schon an seiner Stimmlage, dass er etwas gefunden haben musste und warf Chris ein Lächeln zu, das dieser erwiderte. „Ich habe eine interessante Aufstellung an Einnahmen von Baumann vorliegen und während sich die Leipziger Polizei wohl noch durch die Zahlen quält und feststellen wird, dass die meisten Zahlungseingänge nur schwer zurückzuverfolgen sind, bin ich einen Schritt weiter."

Steven klang keineswegs überheblich. Für ihn war es das Selbstverständlichste der Welt sich im Darknet zu bewegen und alle nur möglichen Quellen anzuzapfen, was nicht immer legal war, aber ihr und sogar der Polizei bereits geholfen hatte.

Daher wusste Kate, dass Mike zwar manchmal Bauchschmerzen dabei hatte, wie er es bezeichnete, aber am Ende froh war, das Steven schnell helfen konnte.

„Ich denke, Max war einer großen Sache auf der Spur und hat deshalb Baumann kontaktiert. Der war allen Anschein nach ein ziemlich erfolgreicher Ghostwriter. Und wisst ihr, wer sein Hauptauftraggeber war?"

„Fred D. Walther?", fragte Kate zurück und hörte ein Aufstöhnen.

„Du hast das gewusst?" Steven klang beleidigt.

Kate schnaubte kurz. „Wohl kaum. Ich habe es gerade kombiniert. Denn das würde auch das plötzliche Verschwinden von Walther erklären."

Jetzt erst nahm sie Chris verständnislosen Blick wahr. Sie nickte ihm zu. „Max ist Walther auf die Schliche gekommen, durch Baumann. Dieser hat vielleicht Walther erpresst oder drohte damit, nichts mehr für ihn zu schreiben, was Walthers Karriere als Topautor jäh beendet hätte. Und Max hat alles herausbekommen und ihn unter Druck gesetzt, es publik zu machen. Also hat er Baumann getötet und Max…"

Sie brach ab und atmete tief ein.

Chris schluckte. „Du denkst, er ist auch tot?"

Kate zuckte die Schultern. „Es ist zu befürchten."

„Ach du Schande", murmelte Steven am Telefon. „Und jetzt?"

Kate holte Luft. „Ich gehe zu Mike, er braucht diese Informationen dringend."

„Und ich schicke alles, was ich habe, an Frank."

Frank Keilwert war Leiter des Bereiches Internetkriminalität der Plauener Polizei und hatte bereits mehrfach mit Steven zusammengearbeitet.

„Tu das", sagte Kate und beendete das Gespräch, als plötzlich die Eingangstür aufging und Matt mit einer Frau eintrat.

„Fred Walther hat sich gemeldet", sagte er, ohne sich mit einer Begrüßung aufzuhalten.

Kapitel 11

Kate sah die Frau, die neben Matt stand, aufmerksam an. Sie hatte halblange, blonde Haare und ein glattes, rosiges Gesicht, das allerdings sehr sorgenvoll wirkte. „Das ist Rebecca Scheel, die Schwester von Herrn Walther", übernahm Matt die Vorstellung.
Kate reichte ihr die Hand, stellte sich und Chris vor, dann begleitete sie beide in ihr Büro, wobei sie Chris ein Zeichen gab, ihnen zu folgen. Nachdem alle Platz genommen hatten, sah Kate von Matt zu Frau Scheel. „Ihr Bruder hat sich bei ihnen gemeldet?"
Diese nickte zögerlich und ergriff ihr Smartphone. Sie scrollte etwas und reichte es dann Kate über den Tisch. Die entsprechende E-Mail war geöffnet.
„Ist das die E-Mailadresse ihres Bruders?", fragte Kate und Rebecca Scheel nickte.
„Hallo, Schwesterherz, wundere dich nicht, aber ich muss für eine Weile abtauchen. Ich melde mich wieder bei dir. Kuss Freddy."
Kate reichte ihr das Smartphone zurück. „Glauben sie, das es nicht ihr Bruder war, der die Nachricht geschrieben hat?"
Rebecca Scheel seufzte. „Also, die Anrede ist richtig, er nennt mich oft Schwesterherz." Sie lächelte und wurde sofort wieder ernst. „Und ich habe ihn meist Freddy genannt, das ärgerte ihn und er sagte, das dürfe nie in die Öffentlichkeit dringen. Aber irgendwie fand er es doch nicht so schlimm und hat auch manchmal seine Nachrichten an mich, und nur an

mich, so unterschrieben."

Kate sah Chris an, dann Matt und schließlich wieder Rebecca Scheel. „Warum haben sie dann Zweifel an der Richtigkeit der E-Mail?"

Rebecca Scheels Hände fuhren in die Luft und sanken im gleichen Moment wieder zurück. „Ist ihnen das noch nie passiert, Frau Schulz? Das sie das Gefühl haben, etwas fühlt sich nicht richtig an?"

Langsam nickte Kate. „Ja. Und jetzt sagen sie mir, was ist für sie nicht stimmig?"

Die junge Frau war sichtbar erleichtert, das Kate sie ernst zu nehmen schien. „Er würde nicht *eine Weile abtauchen* schreiben, das ist nicht sein Stil und außerdem stehen Fred und ich uns sehr nah, ganz gleich, was er angestellt hat, er würde mir die Wahrheit sagen und nicht so eine…"

Sie ruderte wieder mit den Händen in der Luft.

„So eine nichtssagende Nachricht schreiben. Er würde mich anrufen und es mir erklären, ganz gleich, ob ich es gut finden würde oder nicht. Das würde er tun. Und dann ist da noch unsere Mutter. Er weiß, dass ich mich gern um sie kümmere, und er ist mir sehr, sehr dankbar dafür. Er unterstützt uns, wo er nur kann, nicht nur finanziell. Wann immer er es irgendwie einrichten kann, kommt er und bleibt bei ihr, dass ich mir eine Auszeit nehmen kann. Er würde nicht so mir nichts, dir nichts wegbleiben und so eine nichtssagende Mail schicken, Niemals."

Eine Weile war Stille in Kates Büro, nur der gedämpfte Straßenlärm der Neundorferstraße drang durch das Fenster.

„Frau Scheel", sagte Kate schließlich und sah ihr Gegenüber an. „Würde ihr Bruder es ihnen auch anvertrauen, wenn er einen Mord begangen hätte?"

Die Angesprochene riss die Augen auf und sah von Kate zu Matt.

„Was?", stammelte sie und schien völlig aus der Fassung zu geraten. Dann schüttelte sie so heftig den Kopf das ihre Haare ihr Gesicht bedeckten und sie es hastig zurückstrich.

„Fred, einen Mord? Sind sie verrückt? Ja, er schreibt so ein Zeug und das sogar ziemlich erfolgreich, aber privat kann er doch keiner Fliege etwas zu leide tun. Er ist der sanfteste Mensch, den sie sich vorstellen können."

Als sie sah, wie Matt die Stirn runzelte, sah sie ihn direkt an. „Sie kennen nur die Fassade, die er beruflich aufgebaut hat. Ich war einmal bei so einer Lesung dabei. Ich kann nicht sagen, dass ich seine Bücher gut finde, ich finde sie sogar ziemlich abartig, aber meine Meinung dazu kennt er. Als ich ihn da so sah, wie er den Coolen mimte, habe ich fast einen Lachkrampf bekommen. Er sah es mir wohl an und bat mich anschließend, nicht mehr zu seinen Lesungen zu kommen. Natürlich habe ich ihm den Gefallen getan. Fred wollte eigentlich Schauspieler werden, wissen sie? Er war jahrelang in einer Jugendschauspielgruppe, sogar recht erfolgreich. Aber ihm war wohl klar, wie gering die Chance war, ein richtig großer Mime zu werden. Da hat er sich auf die Schriftstellerei verlegt."

Sie holte tief Luft. „Nein, Frau Schulz", sagte sie schließlich leise. „Was immer Fred getan hat, aber einen Menschen töten, nein."

Kate lehnte sich zurück. „Ich will ihnen reinen Wein einschenken, Frau Scheel. Ihr Bruder hat seine Thriller nicht selbst geschrieben, er hatte einen sogenannten Ghostwriter. Dieser junge Mann, ein Literaturstudent, wurde erschlagen in seiner Wohnung aufgefunden und zeitgleich ist ihr Bruder verschwunden, ist das nicht ein bisschen viel für einen Zufall?"

Rebecca Scheel schluckte und Chris schob ihr ein Glas Wasser hin, dass sie mit einem dankbaren Lächeln in seine Richtung an die Lippen setzte. Dann sah sie wieder zu Kate.

„Es mag alles gegen ihn sprechen, Frau Schulz. Aber glauben sie mir, Fred ist kein Mörder und er ist verschwunden und das nicht freiwillig."

Sie senkte etwas den Blick. „Er war immer mein großer Bruder, der sich um mich gekümmert hat, wir haben eine sehr enge Bindung aneinander. Ich fühle das mit ihm etwas geschehen sein muss."

Dann sah sie wieder zu Matt. „Bitte, finden sie ihn."

Als dieser zögerlich, aber mit entschlossener Miene nickte, hätte Kate gern etwas gesagt, ließ es aber bleiben. Matt hatte bisher immer ein gutes Gespür bewiesen, vielleicht war wirklich etwas faul an der ganzen Geschichte. Als jetzt Rebecca Scheels Blick auf sie gerichtet war, nickte sie bestimmt. „In Ordnung, wir übernehmen den Fall."

99

„Du bist überzeugt, dass Walther mit dem Tod von Baumann nichts zu tun hat?"

Mike sah Kate zweifelnd an, während er von seinem Sandwich abbiss, das überraschend gut schmeckte. Kate, deren Stärken definitiv nicht im Kochen lag, hatte es selbst zubereitet. Als sie Mikes Blick bemerkt, grinste sie.

„Also, so etwas Einfaches bekomme ich schon auf die Reihe", murmelte sie und nahm sich auch eines vom Teller. Langsam wog sie den Kopf hin und her.

„Überzeugt? Nein. Aber Rebecca Scheel ist es und sie erschien mir schon sehr glaubhaft."

Mike winkte ab. „Sie ist seine Schwester."

Kate schien nicht zufrieden. Langsam stand sie auf, um sich noch ein Glas selbstgemachte Limonade zu holen. „Ihre Argumentation war recht schlüssig. Aber uns läuft die Zeit davon. Wenn Maximilian noch lebt und ich sage betont wenn, dann besteht für ihn akute Lebensgefahr."

Sie setzte sich wieder und stellte das Glas vor sich auf dem Tisch ab.

Mike nickte langsam. „Gut. Wenn wir Walther weiterhin als potenziell mordverdächtig betrachten, habe ich bei Gebhard die besten Karten. Wir lassen ihn einfach zur Fahndung ausschreiben. Stellt es sich anschließend heraus, dass er doch nur abgetaucht ist und nichts mit dem Mord zu tun hat, auch gut. Aber bei der Beweislage wären die Maßnahmen allemal gerechtfertigt. Ich werde mich mit Martina in Leipzig kurzschließen, die sollen nach Spuren von Walther in

Baumanns Wohnung suchen. Wenn er dort war, werden sie was finden."

Kate sah ihn an. „Und ich werde mir mal den Verlag vornehmen, und zwar Pronto. Der Polizei gegenüber werden sie gewiss mit Anwälten auffahren, aber ich, als Vertreterin von Walthers Schwester, habe bestimmt bessere Karten, dass sie mir etwas sagen."

Der Verlag „Wiese und Co." lag etwas abseits der Hauptverkehrsstraße in Leipzig. Eine alte Gründerzeitvilla, aufwändig restauriert, inmitten eines gepflegten Parks.

Kate hatte Steven im Vorfeld recherchieren lassen und er hatte ihr die Ergebnisse auf ihr Tablet geschickt.

Harald Wiese, der jetzige Verlagsleiter, war in eine alte Familientradition eingestiegen. Der Verlag bestand seit 125 Jahren, nur unterbrochen in der Zeit von 1972-1990, als man die Wieses enteignet hatte.

Kurt Wiese, der Großvater des jetzigen Geschäftsführers, hatte sich nicht, wie viele damals Enteignete zurückgezogen oder die Ausreise in die BRD beantragt. Er hatte sich als Direktor des neuen volkseigenen Verlags beworben und da man staatlicherseits erkannt hatte, dass Kurt Wiese ein guter Geschäftsmann war, der über zahlreiche Verbindungen, auch ins devisenversprechende nichtsozialistische Ausland verfügte und vor allen Dingen von der gesamten Belegschaft geschätzt und geachtet wurde, war man sich wohl schnell handelseinig geworden.

Bereits Anfang 1990 hatte dann sein Sohn den Antrag auf Rückgabe gestellt und seitdem befand sich der Verlag wieder in Familienhand.

Kate betrat das Haus und wurde in der gemütlichen Eingangshalle von einer Frau mittleren Alters bereits erwartet.

„Frau Schulz?", fragte diese und reichte ihr, auf deren nicken, eine sorgfältig manikürte Hand.

„Herr Wiese erwartet sie bereits. Wenn ich vorange-
hen darf?"

Sie führte Kate über eine imposante, leicht geschwun-
gene Treppe in den ersten Stock und klopfte an eine
hohe Holztür.

Harald Wiese öffnete selbst die Tür. „Danke, Renate,
bringen sie uns bitte etwas Kaffee?"

Dann reichte er Kate die Hand. „Frau Schulz, bitte,
kommen sie doch herein."

Der Raum war ebenso imposant wie Harald Wiese
selbst. Kate wusste nicht, was sie erwartet hatte, aber
mit Sicherheit keinen Mann, der sie weit überragte
und die Figur eines Wrestlers hatte.

Allerdings trug er einen geschmackvollen Anzug, der
mit Sicherheit nicht von der Stange war.

„Nehmen wir doch Platz", sagte er und führte sie zu
einer üppigen Couchgarnitur.

Er wartete, bis Kate sich gesetzt hatte, dann öffnete er
den unteren Knopf seines Jacketts und nahm ebenfalls Platz. Inzwischen war der Kaffee serviert worden.

„Bitte keine Störung jetzt, Renate", sagte er und die
Frau, die Kate nach oben geleitet hatte, lächelte ni-
ckend. Als sie die Tür geschlossen hatte, wandte
Wiese sich Kate zu. „Als Erstes möchte ich ihnen
danken, dass sie so kurzfristig den Schutz der Veran-
staltung von Herrn Walther sicherstellen konnten."

Kate winkte ab. „Naja, die Sache ist dann doch etwas
aus dem Ruder gelaufen."

Der Verlagsleiter lächelte. „Was zu erwarten war."

Als Kate die Stirn in Falten legte, zuckte Wiese die Schultern. „Unter uns gesagt, das ist Teil unserer Marketingstrategie. Fred bekommt immer einige, nun, ich will mal sagen, nicht so nette Zuschriften zwecks seiner Art, gewisse Details in seinen Büchern zu beschreiben. Natürlich steht das in keinem Verhältnis zu seinen Fans. Diese wiederum sind um ihren Autor besorgt. Also habe ich immer Personenschutz geordert. Das macht etwas her, beruhigt die Fans und unterstreicht seine Wichtigkeit."

Wiese grinste etwas. „Ehrlich, Frau Schulz? Bis auf ein paar Beschimpfungen und Tomaten ist nie etwas passiert."

Dann wurde er ernst. „Ich dachte ja, Fred wäre bei seiner Schwester, aber sie haben in unserem Telefonat angedeutet, dass sie wegen Herrn Walther ernsthaft besorgt sind. Er ist wirklich verschwunden?"

Kate legte ein Schriftstück auf den Holztisch vor sich. „Frau Scheel, die Schwester von Herrn Walther hat mich beauftragt, nach ihm zu suchen. Sie ist in größter Sorge um ihn."

Aus dem Augenwinkel sah sie, dass Wiese das Schriftstück kurz betrachtete, ihr dann aber wieder seine Aufmerksamkeit widmete.

„Allerdings muss ich dazu sagen, dass inzwischen auch die Polizei nach Herrn Walther fahndet. Es besteht der Verdacht, dass er etwas mit dem Tod von Nico Baumann zu tun hat."

Harald Wieses Oberkörper schnellte nach vorn. „Fred? Unmöglich."

Kate ihrerseits lehnte sich zurück. „Seine Schwester ist auch zu 100% von seiner Unschuld überzeugt." Sie zog ihr IPhone aus der Tasche und reichte es Wiese. „Diese Nachricht hat sie von ihrem Bruder via WhatsApp erhalten. Sie meinte, das sei nicht sein Stil."

Wiese lehnte sich wieder zurück und musterte Kate eingehend. „Und sie, Frau Schulz? Was vermuten sie?"

Diese erwiderte seinen Blick. „Herr Wiese, hören wir auf mit den Spielchen. Nico Baumann war Walthers Ghostwriter. Besteht nicht die Möglichkeit, dass er aussteigen wollte, oder Walther erpresst hat, es öffentlich zu machen? Der könnte die Nerven verloren und Baumann im Affekt getötet haben. So sieht es jedenfalls die Polizei."

Harald Wiese nickte langsam. „Sie haben also alle ihre Hausaufgaben gemacht", sagte er leise, erhob sich und ging zu seinem Schreibtisch. Er kam zurück und legte einen Stapel Papiere vor Kate hin.

Diese überflog nur die erste Seite und sah Wiese ungläubig an.

Kapitel 12

Hauptkommissarin Martina Fritsch sah stirnrunzelnd auf den Bericht der Spurensicherung, ehe sie das Telefon nahm.

„Hallo Mike", begrüßte sie ihren Amtskollegen in Plauen. „Habt ihr inzwischen eine Spur von Fred Walther?"

Sie hörte Mike sich räuspern. „Nein, leider nicht. Und bei dir?"

Martina Fritsch brummte mürrisch. „In der Wohnung von Baumann haben wir nichts gefunden, was spurentechnisch auf Walther hindeuten könnte. Und sein Verlag macht dicht, da kommen wir ohne Beschluss nicht weiter. Dieser Wiese scheint anwaltstechnisch ziemlich gut aufgestellt zu sein und da will mein Oberstaatsanwalt mehr Beweise sehen, die wir nicht haben."

Sie hörte, wie Mike etwas seufzte. „Ist was?", fragte sie leise.

„Ja, Kate ist bei Wiese."

Martina fuhr elektrisiert auf. „Was? Er hat sie empfangen?"

„Scheinbar ja, sonst hätte sie sich schon gemeldet." Er lachte leise. „Kate lässt sich in der Regel schwer abschütteln. Sie hat auch einen offiziellen Auftrag von Walthers Schwester zu Nachforschungen."

„Aha", machte seine Amtskollegin in Leipzig und er hörte, wie sie tief einatmete.

„Martina, was immer Kate herausfindet wird sie mir sagen und ich bin mir sicher, dir auch."

Er spürte fast durch das Telefon die Erleichterung auf

der anderen Seite.

„Mike, wir sind hier ziemlich unter Druck. Der Fall Baumann hat hohe Wellen geschlagen, die ganze Uni ist in Aufruhr. Die Presse sitzt uns im Nacken. Und mein Chef will schnellstmögliche Ergebnisse sehen. Walther war bisher unsere einzige Spur."

Wenn jemand die Hauptkommissarin verstand, dann war das Mike. Schon oft war es ihm ähnlich ergangen. „Martina, ich melde mich so schnell als möglich bei dir."

„Okay", sagte diese. „Danke."

„Nico Baumann hatte einen Vertrag mit ihnen?"
Kate warf noch einen Blick auf das erste Blatt eines
vielseitigen Regelwerkes.
Harald Wiese nickte. Er lehnte sich zurück und nahm
einen Schluck des Kaffees. „Wissen sie, das Fred
Walther Schauspieler werden wollte?"
Kate nickte. „Ja, seine Schwester erwähnte so etwas,
aber was hat das damit zu tun?" Sie deutete auf den
Papierstapel.
Wiese lächelte. „Als ich Fred kennenlernte, versuchte
er sich mit der Schriftstellerei. Es war eine Lesung
und eigentlich wollte ich schon wieder gehen. Ich bin
immer auf der Suche nach Talenten und er…nun
ja…er war nicht schlecht und seine Ideen ganz gut,
aber eben nur ganz gut. Aber er beeindruckte mich
damit, wie er die einzelnen Protagonisten seiner Er-
zählung interpretierte, als seien sie physisch anwe-
send. Das war gigantisch. Also blieb ich und anschließend tranken wir noch etwas gemeinsam. Er erzählte mir von seiner Vision, Thriller zu schreiben
und fasste auch den Plot des ersten Buches zusammen, aber ich hatte eine andere Idee. Fred würde ein
Zugpferd werden, das spürte ich sofort. Er konnte in
die Rolle des geheimnisvollen Autors schlüpfen, des
Bad Boy, als den er sich gern gab. Aber schreiben,
nein, das würde er nicht."
Wiese wedelte etwas mit der Hand in der Luft.
„Also, die Ideen stammten schon von ihm, aber geschrieben, geschrieben hat es Baumann. Er ist, sorry,
er war einfach spitze."
Kate schwirrte zugegeben etwas der Kopf.
„Aber warum dann die anonymisierten Zahlungen

auf Baumanns Konto von Walther?"

Wiese zuckte leicht die Schultern. „Frau Schulz, wenn irgendein windiger Journalist herausgefunden hätte, wer sich in Wahrheit hinter Fred D. Walther verbirgt, dann wäre Schluss mit dem Erfolg gewesen. Darum sind wir, so hofften wir damals, auf Nummer sicher gegangen. Es lief alles über Fred."

Kate atmete tief ein. Wiese war ein cleverer Geschäftsmann. Mit diesem Vertag hatte er Baumann einen Maulkorb verpasst und über die Tatsache, dass alle Finanzen über Walther liefen, wäre er, im Falle einer Entdeckung, als Verlagsleiter aus allem heraus gewesen.

„Ein windiger Journalist," Kate malte mit ihren Fingern Gänsefüßchen in die Luft, „hat es herausgefunden. Maximilian Krause. Er war bei Baumann und jetzt ist er auch verschwunden."

Verwirrt sah Wiese sie an. „Jetzt verstehe ich gar nichts mehr."

Kurz umriss Kate den Sachverhalt.

Harald Wiese rieb sich mit der Hand kurz über sein Gesicht. Dann sah er sie eindringlich an.

„Frau Schulz. Was immer auch passiert ist, nennen sie mir bitte einen Grund, warum Fred Nico Baumann umgebracht haben sollte? Es war doch eine Win-Win-Situation für beide Beteiligten. Fred hatte seinen Erfolg und mehr als gute Einnahmen, auch nachdem er Nico Baumann, gemäß diesem Vertrag, auszahlte." Er deutete auf den Papierstapel vor ihm.

„Und wenn Nico nicht mehr gewollt hätte?", wandte Kate ein, aber Wiese winkte ab.

„Erstens finanzierte er damit sein Studium, und das

nicht schlecht und zum anderen hätte er damit zu mir kommen müssen und nicht zu Fred. Der Vertrag bestand zwischen mir, ergo dem Verlagshaus und Baumann direkt."

Er schüttelte betrübt den Kopf. „Ich darf gar nicht daran denken, wie es jetzt ohne ihn weiter gehen soll."

Kate fand diesen Gedankengang nicht eben pietätvoll, aber sie sagte nichts.

Etwas anderes bewegte sie viel mehr. Hatte Fred Walther wirklich nichts mit dem Tod von Nico Baumann zu tun? Aber wenn er es nicht war, wo zum Teufel steckte er und wo war Maximilian Krause? Sie wandte sich wieder dem Verlagsleiter zu. „Haben sie irgendeine Ahnung, wo sich Fred Walther aufhalten könnte?"

Der Verlagsleiter zuckte die Schultern. „Ich weiß nur, dass er seine kreativen Auszeiten, so haben wir das medienwirksam tituliert, meistens bei seiner Schwester und seiner dementen Mutter verbrachte. Ich habe wirklich gedacht, dort ist er wieder, nachdem er aus diesem Hotel in Plauen verschwunden ist. Darum habe ich auch nichts unternommen als sie mich informiert hatten."

Kate nickte. Das war auch die Aussage von Rebecca Scheel gewesen. Sie schob langsam die noch volle Kaffeetasse in die Mitte des Tisches und erhob sich. Wiese erhob sich ebenfalls.

„Wie werden sie weiter vorgehen?", fragte er Kate, als er sie zur Tür begleitete.

Gern hätte sie ihm geantwortet, dass ihn das nichts angehen würde, aber immerhin hatte er sie empfangen und sehr bereitwillig Auskunft gegeben und an dem, was er sagte, bestand nach ihrer Einschätzung kein Zweifel.

„Ich werde noch einmal mit seiner Schwester sprechen, vielleicht hat sie noch eine Idee. Und ihnen, Herr Wiese, würde ich raten mit der Polizei zu kooperieren. Sie glauben doch selbst nicht, dass Fred Walther Nico Baumann getötet hat."

Der Verlagsleiter schüttelte langsam den Kopf.

„Unsere Anwälte sind da leider anderer Meinung."

Kate räusperte sich. „Wenn ich einige der wichtigsten Details mit der Polizei besprechen würde…"

Sie machte eine Pause und sah Wiese an, der sich in seinem Anzug plötzlich unwohl zu fühlen schien.

Kate hob die Hand. „Ich verspreche ihnen, es geht hier nur um Ermittlungen der Kriminalpolizei, nicht mit dem Finanzamt. Das ist der K wohl so ziemlich gleichgültig."

Sie hatte richtig vermutet, dem Verlagsleiter schien es nur um die sicher nicht ganz koscheren Finanzgeschäfte zu gehen und daher hatte er mit seinen Anwälten die Zugbrücke hochgezogen.

„Also gut", sagte er zögerlich. „Allerdings werde ich keinerlei Aussagen machen und im Notfall alles leugnen."

Kate nickte und reichte ihm die Hand. Das genügte ihr, vorläufig jedenfalls.

Kate stand vor dem Leipziger Polizeipräsidium und versuchte bereits das dritte Mal, Mike zu erreichen. Allerdings hatte ihr ihre Wetterapp ein schweres Gewitter über dem Vogtland angezeigt und derzeit schien es sich über Plauen auszutoben und zu massiven Störungen zu führen.

Achselzuckend ging sie in das Gebäude und wurde sofort von einer Beamtin zu Hauptkommissarin Fritsch geführt. Diese stand hinter ihrem Schreibtisch auf und reichte Kate die Hand.

„Danke das du gekommen bist. Ich wollte nach deinem Anruf Mike zu einer Onlinekonferenz einladen, aber scheinbar gibt es in Plauen eine größere Störung."

Kate hielt ihr IPhone in die Höhe und nahm an dem kleinen Tisch Platz. „Ich erreiche ihn auch nicht. Ein schweres Gewitter mit Starkregen, bereits das zweite innerhalb einer Woche. Aber dieses Mal ist es wohl besonders stark."

Martina Fritsch nahm ihr gegenüber Platz und öffnete sich eine Flasche Mineralwasser, nachdem sie Kate mit einer Geste angedeutet hatte, sich selbst zu bedienen.

„Du warst bei Harald Wiese?", begann sie schnell auf den Punkt zu kommen.

Kate nickte. Dann gab sie strukturiert das Gespräch wieder. Als sie geendet hatte, lehnte sich die Hauptkommissarin zurück.

„Also hätte Walther wirklich keinen Grund, Baumann umzubringen, im Gegenteil."

Sie schüttelte den Kopf. „Das Motiv unseres derzeit einzigen wirklichen Verdächtigen löst sich gerade in

Luft auf."

Kate zuckte die Schultern. Dann lehnte sie sich etwas vor. „Was aber zu der Überlegung führt, wo steckt Walther, wer hat in seinem Namen eine Nachricht an dessen Schwester geschickt und wo ist Maximilian Krause, der Journalist, der nachweislich bei Baumann war, weil er mit Sicherheit hinter die Sache mit dem Ghostwriting gekommen war?"

Sie nahm sich eine Flasche des Mineralwassers, öffnete sie und trank nachdenklich einen Schluck.

„Ich habe schon die ganze Zeit das Gefühl, das wir etwas Entscheidendes übersehen, aber was?"

Martina Fritsch nickte. „Ich denke, wir sollten unsere Kräfte bündeln. Der Fall tangiert Leipzig genauso wie Plauen, ja, ich meine sogar, dass die Spur zu euch führt."

Sie erhob sich. „Weißt du was? Ich fahre mit dir zurück nach Plauen. Wir beraten uns mit Mike und seinem Team."

Kate staunte, wie entspannt die Hauptkommissarin mit der Tatsache umging, dass sie als Außenstehende in diesem Fall involviert war, externe Beraterin hin oder her. Damit hatten so einige ihre Probleme, sie scheinbar nicht.

„Fahren wir mit zwei Autos?", fragte Kate, als sie das Büro verließen, nachdem sich Martina Fritsch noch bei ihrem unmittelbaren Vorgesetzten verabschiedet hatte.

Diese schüttelte den Kopf. „Also, wenn es dir nichts ausmacht, fahre ich mit dir und mit dem Zug zurück."

Kapitel 13

„Na hier hat es ja gewütet", stellte Martina Fritsch fest, als sie die A 72 an der Abfahrt Plauen Ost verließen. Überall lagen Äste auf der Fahrbahn, die teilweise mit Schlamm überzogen war. Zwar war der Himmel noch schwarz, aber da und dort lugte bereits die Sonne hervor und ließ die Nässe an den Bäumen funkeln.

„Ich darf gar nicht an den Garten denken", murmelte Kate, die so stolz auf ihre Sommerbepflanzung gewesen war, die allerdings auch nur mit der Unterstützung ihres Nachbarn, Ernst Winter, entstanden war und von diesem auch mehr oder weniger liebevoll gepflegt wurde. Aber je näher sie Richtung Bärenstein kamen, desto unspektakulärer sah es aus. Wahrscheinlich hatte das Unwetter nur bestimmte Zonen getroffen.

„Fahren wir nicht zum Polizeipräsidium?", fragte Martina Fritsch erstaunt, als Kate vor dem Gartentor hielt.

„Um diese Zeit? Außerdem ist es bei uns deutlich gemütlicher und du wirst ja sicher heute nicht mehr zurückfahren wollen, oder?"

Die Hauptkommissarin stieg zögernd aus. „Naja, ich habe nichts weiter dabei und ich könnte in einem Hotel…"

„Quatsch", sagte Kate unumwunden, was ihr ein breites Grinsen einbrachte. „Wir haben zwei Gästezimmer und…" Sie maß Martina Fritsch kurz von oben bis unten. „Du dürftest meine Größe haben, also für Schlafanzug und Co. ist gesorgt."

Sie schloss die Tür gerade auf, als gegenüber aus dem Haus Omar auf die Straße trat.

„Ist das nicht Professor Amri?", raunte die Hauptkommissarin Kate zu, die ihrerseits nickte. „Ja und ohne ihn werden wir den Fall mit Sicherheit nicht lösen."

In diesem Moment war Omar bereits zu ihnen herüber geeilt. „Frau Hauptkommissarin Fritsch."

Er umschloss ihre Hand mit seinen riesigen Pranken. Dann sah er Kate an. „Sei froh, dass ihr nicht eher gekommen seid, ganz Plauen war fast lahmgelegt, kein Telefon mehr, kein Strom. Der Blitz hat wohl eine Hauptleitung erwischt. Es geht erst seit ein paar Minuten wieder. Mike ist noch nicht da, aber er hat dich heute gar nicht zurückerwartet."

Er sah von Kate zu deren Begleiterin und seine dunklen Augen flackerten vor Neugier.

„Wir haben neue Erkenntnisse und Martina hielt es für das Beste, wenn wir…"

„Im multiprofessionellen Team arbeiten?", ergänzte Omar grinsend und diese lachte. „Ja, genau so."

Der Rechtsmediziner klatschte in die Hände.

„Gut, dann mache ich uns schnell einen Imbiss zurecht. Jasmin ist mit den Kindern bei meinen Eltern."

Als Martina Fritsch ablehnen wollte, schüttelte Kate den Kopf. „Sinnlos, spar dir den Atem", murmelte sie in deren Richtung, als Mikes BMW die Straße entlangkam.

Kate drückte auf den Garagenknopf und er fuhr gleich hinein. „Was macht ihr denn hier?", fragte er, als er das Auto verließ.

„Vielleicht solltet ihr erst mal rein gehen", meinte O-mar und deutete dann auf sein Haus auf der gegen-überliegenden Straßenseite.

„Ich beeile mich und bin schnell wieder da. Wartet unbedingt auf mich", sagte er und sprintete los.

„Willkommen im multiprofessionellen Team", meinte Kate lachend und öffnete die Haustür.

Genau eine Stunde später hatten sich alle in der Bibliothek zusammengefunden. Kate hatte Steven und Matt heranbeordert, Mike Marianne und Mary.

Omar hatte sich wieder einmal selbst übertroffen und reichte die Platten herum, während sich Marianne am Flipchart zu schaffen machte, den Kate aufgestellt hatte.

Die Kommissarin hatte bereits die Namen aller Beteiligten im Fall Nico Baumann auf Zettel geschrieben und diese angepinnt.

Kate wechselte einen Blick mit Mike, der ihr zunickte. Kommissarin Marianne Jäger wieder mit ihrer altbewerten Methode zu sehen, tat ihnen allen gut. Nachdem nun auch Omar Platz genommen hatte, räusperte sich Hauptkommissarin Fritsch.

„Erstmal danke an euch, dass ihr das alles so problemlos organisiert habt. Im Übrigen denke ich, wir sollten die Formalitäten lassen, ich bin Martina."

Zustimmendes Nicken. „Gut. Kate war heute Mittag im Verlag Wiese und Co. Das, was sie herausgefunden hat, hat unsere bisherigen Ermittlungen ziemlich auf den Kopf gestellt."

Sie sah zu Kate, die das Treffen mit Wiese nochmals kurz zusammenfasste.

„Dann hat dieser Verlagsleiter also wirklich gedacht, Walther ist wieder bei seiner Schwester und uns deswegen zurückgepfiffen?", wandte hier Matt ein.

Kate nickte. „Ja, das Abtauchen seines Starautors war nichts anderes, als dass er seine Schwester bei der Pflege ihrer dementen Mutter unterstützt hat."

„Klar, und das passte nicht zu dem Bad -Boy-Image", murmelte Matt und lehnte sich zurück.

„Gehen wir also davon aus, dass Walther die WhatsApp nicht selbst an seine Schwester geschrieben hat, sondern jemand anderes für ihn, dann ist jetzt die Frage, wo ist er und mit wem?", fragte Mike.

„Da er kein Motiv hatte Baumann umzubringen, ist doch die Frage, ob der Mörder und der, ich sage mal, Entführer von Walther ein und dieselbe Person ist." Kate sah von einem zum anderen.

Martina wandte sich ihr zu. „Du gehst nur von einer Person aus?"

Die zuckte die Schultern.

Marianne klopfte mit ihrem Stift auf einen ihrer Zettel. „Wie wäre es mit den Damen aus dem Hotel Alexandra?"

Omar winkte ab. „Die haben Tomaten und Eier geschossen, aber einen Mensch töten? Und vor allem, warum?"

Es war Mary die jetzt die Stirn runzelte. „Aber vielleicht hängen die Fälle wirklich nicht zusammen. Diese wild gewordenen Ladys könnten doch Walther als Stein des Anstoßes entführt haben und der Mord an Nico Baumann hat einen ganz anderen Hintergrund."

Noch ehe die Leipziger Hauptkommissarin etwas sagen konnte, wandte sich Kate Mary zu. „Und wie passt dann das Verschwinden von Maximilian Krause in die ganze Sache mit rein?"

Mary schwenkte langsam den Kopf hin und her und hob resigniert die Hände.

Währenddessen hatte Marianne Jäger ihren Flipchart gut bestückt. Sie klopfte mit dem Stift gegen den Zettel *Nico Baumann*.

„Also, zwischen Nico Baumann, Fred Walther und Maximilian Krause besteht eine Verbindung. Nico Baumann ist tot, Walther und Max sind verschwunden oder, das müssen wir leider annehmen, auch tot und bisher noch nicht gefunden worden."

Mike starrte wie paralysiert auf den Flipchart. Dann nickte er langsam. „Ja, Walther ist nicht mehr länger ein Verdächtiger, sondern höchstwahrscheinlich ebenfalls ein Opfer."

„Ich habe seine Schwester nach möglichen Aufenthaltsorten gefragt, aber negativ", wandte hier Matt ein.

Mike nickte ihm zu und lehnte sich zurück, wobei er sich mit beiden Händen durch die dichten Haare fuhr, ein sichtbares Zeichen dafür, wie enorm er unter Stress stand. „Gehen wir also von nur einem Täter aus, was ist das Motiv?"

Er sah alle Anwesenden nach und nach an, während Marianne dick *MOTIV???* auf den Flipchart schrieb.

„Um Erpressung geht es nicht, denn Baumann und Walther waren sich ja einig, wie der Verlagsleiter bestätigt hat.", wandte Martina Fritsch ein.

„Und wenn Max Druck gemacht hätte?"

Mary schien nicht zu einhundert Prozent überzeugt. Die Leipziger Hauptkommissarin wandte sich ihr zu. „Der Verlag Wiese und Co. hat einige Spitzenanwälte, ich denke, die hätten einen kleinen Provinzjournalisten, entschuldigt die Wortwahl, in der Luft zerrissen."

Kate nickte zustimmend. Steven, der bisher geschwiegen hatte, sah auf Mariannes Aufzeichnungen. Dann stand er auf, trat neben sie und tippte auf den

Zettel mit *MOTIV???*

„Wenn Max die Geschichte öffentlich machen wollte, Anwälte hin oder her, wer hätte es unbedingt verhindern wollen?"

Als Mike etwas sagen wollte, winkte Steven ab. Scheinbar hatte er die Frage rein rhetorisch gestellt und wollte keinesfalls unterbrochen werden.

„Nico Baumann? Aber der ist tot und Max, warum sollte er ihn töten?"

Er sah die Leipziger Hauptkommissarin an, die den Kopf schüttelte. Dann deutete er auf den Namen *Fred D. Walther.*

„Walther hat Baumann nicht getötet, es gibt weder ein Motiv noch Beweise für seine Schuld."

Steven tippte wieder auf *MOTIV???*

„Jemand hat, außer Max, herausgefunden, dass Baumann in Wahrheit der Autor der Bücher ist und nicht Walther. Dieser Jemand ist so erbost darüber, dass er Baumann zur Rede stellt und warum auch immer gerät die Situation außer Kontrolle und er erschlägt ihn. Das Max darüber berichten will, erbost ihn ebenfalls, also beseitigt er ihn auch."

Mike war auf die Kante seines Sessels gerutscht und ließ Steven keinen Moment aus den Augen. „Und Walther?", fragte er schließlich.

Steven wog den Kopf hin und her.

In diesem Moment sprang Matt auf. „Stephen King", sagte er und alle starrten ihn an, als habe er den Verstand verloren, nur Kate nickte langsam.

„Misery", sagte sie leise und hob den Daumen in Matts Richtung nach oben.

Mike sah von Matt zu ihr und wieder zurück.

„Könntet ihr mir bitte einmal sagen, was ihr meint?"
Steven hatte wieder Platz genommen und klopfte
Matt auf die Schulter.

„Klasse", sagte er. „Darauf wäre ich jetzt nicht gekommen."

Kate, die merkte, dass Mike langsam am Ende mit
seiner Geduld war, wandte sich ihm zu.

„Matt meint das Buch von Stephen King, das in
Deutschland unter dem Titel SIE erschienen ist. Es
geht um einen Autor, der einen Unfall hat und in die
Hände einer Krankenschwester gerät, die ihn nicht
nur zu Hause gesund pflegen will, sondern sie ist
auch ein großer Fan seiner Romanreihe, deren Heldin
jene Misery ist, die er allerdings in seinem letzten
Buch sterben lassen will. Er bemerkt bald, dass seine
Retterin geistesgestört ist und ihn nicht in ein Krankenhaus bringen will. Sie zwingt ihn, das Buch um-
zuschreiben und um zu verhindern, dass er flieht,
verstümmelt sie ihn."

Mike verzog das Gesicht. „Das ist ja ein furchtbares
Zeug und ihr denkt…"

Er starrte auf Mariannes Tafel, die bereits ein neues
Blatt angebracht hatte, *FAN???*

„Wenn es wirklich ein durchgeknallter Fan ist,
dann…", begann Mary.

„Dann ist die Chance, das Max noch lebt, sehr gering", ergänzte Kate und schluckte, als werde ihr erst
jetzt bewusst, was diese Erkenntnis bedeutete.

„Nicht unbedingt", meldete sich Omar zu Wort und
rückte sich in dem bequemen Sessel zurecht.

„Ich denke nicht, dass der Mord an Baumann geplant
war. Die Waffe, diese afrikanische Skulptur, stammt

aus seinem eigenen Besitz. Ein Mörder, der seine Tat plant, nimmt sein Werkzeug mit und überlässt das nicht dem Zufall. Nein, wie Steven richtig sagte, da ist etwas außer Kontrolle geraten, der Täter hat zugeschlagen und war vielleicht sogar erschrocken über seine Tat."

„Aber nicht erschrocken genug, um nicht alle Fingerabdrücke anschließend zu entfernen", warf Martina Fritsch ein.

Omar nickte in ihre Richtung. „Ja, jemand der sich schnell wieder unter Kontrolle bekommt. Trotzdem bleibe ich dabei, der Mord war nicht geplant."

„Und was hat das jetzt mit Max zu tun?", fragte Kate ungeduldig.

Omar sah sie an. „Wenn jemand nicht den ersten Mord geplant hat, plant er auch nicht den zweiten."

Kate winkte ab. „Vielleicht ist diese Situation auch außer Kontrolle geraten", sagte sie unwirsch und malte Gänsefüßchen in die Luft.

Der Rechtsmediziner ließ sich nicht aus der Ruhe bringen. „Vielleicht hält unser Täter Max genauso gefangen wie Walther, das wäre doch eine Erklärung, oder?", sagte er und sah Kate auffordernd an.

„Oder die Täterin", murmelte Steven und hatte sofort wieder die gesamte Aufmerksamkeit.

Neben ihm nickte Matt. „Ja, in Misery war es ja schließlich auch eine Frau, diese Annie Wilkes", ergänzte dieser.

Mike holte laut hörbar Luft. „Wisst ihr, wie viele weibliche Fans dieser Walther hat?"

„Das lässt sich eingrenzen, denke ich", hakte hier Mary ein. „Walther verschwand an jenem Abend seiner Lesung aus dem Hotel Alexandra. Die Chance, dass es jemand war, der vorher im Publikum saß, ist doch relativ groß."

Langsam nickte Mike ihr zu. „Sehr gut", sagte er und Mary streckte sich unwillkürlich etwas.

„Durch diesen Tumult müssten wir die meisten Personalien der Anwesenden haben."

Er sah zu Kate, die nachdenklich an ihrem Limonadenglas nippte.

Steven und Matt sahen es ebenfalls.

„Du findest es zu weit hergeholt?", fragte jetzt Matt.

Kate schreckte auf und schüttelte den Kopf. „Nein, nein. Sorry, aber ich war nur in Gedanken."

Sie stellte ihr Glas ab. Dann sah sie zu Mary hinüber.

„An diesem Abend kam es zu einem ziemlichen Tumult und die Polizei rückte an. Alle waren nur mit diesem Chaos beschäftigt."

Sie schwieg und sah aus dem Augenwinkel Mike lächeln.

„Eine bessere Gelegenheit gab es wohl kaum", sagte der und sprang aus seinem Sessel auf. Er stellte sich neben Marianne an den Flipchart.

„Jetzt haben wir ein mögliches Motiv und die passende Gelegenheit."

Marianne Jäger legte langsam ihren Stift aus der Hand und setzte sich neben Mary.

„Jetzt müssen wir erst einmal herausfinden, wer diesen ganzen Tumult angezettelt hat."

Kate hob die Hand wie eine Schülerin. „Das übernehme ich. Ich gehe gleich morgen früh zu Angelika Volmers. Wenn sie etwas weiß, wird sie mir das sagen."

Hauptkommissarin Martina Fritsch lächelte in die Runde. „Also, euer multiprofessionelles Team, Respekt."

Dann wurde sie ernst. „Ich fahre morgen früh zurück nach Leipzig und ihr haltet mich auf dem Laufenden. Da wir ja jetzt nach einer möglichen weiblichen Täterin suchen, werde ich mich noch mal unter diesem Aspekt den Zeugenaussagen widmen."

„Wenn du noch bis Mittag wartest, nehme ich dich mit", wandte Omar ein, der sich bereits erhoben hatte. „Ich muss eh in die Uni und so habe ich nette Gesellschaft."

Sie deutete eine kleine Verbeugung in seine Richtung an.

Dann folgte sie Kate hinauf in das Gästezimmer, während sich Mike um die Verabschiedung der anderen Anwesenden kümmerte.

Kapitel 14

Kate hoffte, dass es um die Mittagszeit am günstigsten sein würde Schwester Angelika anzutreffen. Vorher hatte sie noch gemütlich mit Hauptkommissarin Martina Fritsch gefrühstückt, bevor diese in Omars Begleitung nach Leipzig aufgebrochen war.
Jetzt lief sie vom oberen Bahnhof in Richtung Albertplatz und betrat den Pflegedienst „Heimat".
„Kate, was machst du denn hier?"
Ihre alte Schulfreundin und jetzige Chefin des Pflegedienstes Michaela „Michi „Heimat, kam sofort aus ihrem Büro gestürmt und umarmte Kate fest.
„Komm herein, ich hole uns einen Kaffee."
Kate hob lächelnd die Hand. „Ich komme gerade vom Frühstückstisch, danke."
Michi sah sie von der Seite an. „Na, deine Arbeitszeiten hätte ich auch gern", meinte sie lachend. Dann wurde sie ernst. „Also, wo drückt der Schuh? Wenn du so unangemeldet hier auftauchst, dann kann das nichts Gutes bedeuten."
Kate schüttelte den Kopf. „Ganz harmlos. Ich wollte zu Schwester Angelika, das ist alles."
Michi sah durch ein kleines Fenster in den anderen Raum. „Du hast Glück. Sie war mit einem Schüler auf Tour und ist gerade hereingekommen. Soll ich sie holen?"
„Ich würde gern ungestört mit ihr sprechen."
Michi sah sie von der Seite an, verkniff sich aber

eine weitere Frage. „Ihr könnt in den Aufenthaltsraum gehen, die anderen kommen erst in einer halben Stunde, oder dauert es länger?"

Kate schüttelte den Kopf. „Nein, keinesfalls und
danke."

Sie spürte, dass Michi gern noch ein paar Details über
das bevorstehende Gespräch gehabt hätte und die
Neugier sie fast umbrachte, aber sie war souveräne
Chefin genug, um es zu unterdrücken. Sie führte
Kate in den Aufenthaltsraum und kam kurze Zeit
später mit Schwester Angelika zurück.

„So, dann lasse ich euch mal allein", sagte sie und
schloss die Tür hinter sich.

Kate gab der Krankenschwester die Hand und sie
setzten sich an den Tisch, auf dem diverse Getränke
für die Mitarbeiter bereitstanden.

„Das ist ja eine Überraschung, Frau Schulz."

Die Angesprochene hob die Hand. „Kate bitte,
Schwester Angelika. Schließlich war ich ja mal, wenn
auch nur kurz, ihre Schülerin."

Diese lachte auf, als sie daran dachte, wie sie Kate in
einem Crashkurs fit gemacht hatte, um undercover in
einem Pflegeheim zu ermitteln.

„Und nicht mal meine Schlechteste, sie haben sich
wirklich tapfer geschlagen."

Dann wurde sie ernst. „Warum wollten sie mich
sprechen?"

Kate lehnte sich auf ihrem Stuhl etwas zurück.

Es war Zeit, zur Sache zu kommen. „Der Vorfall im
Hotel Alexandra zur Lesung von Fred D. Walther, ich
nehme stark an, sie haben davon gehört?"

Sie sah, dass Schwester Angelika einen Augenblick die Farbe im Gesicht wechselte, bis sie knapp sagte: „Ja."

Kate nickte. „Und die Namen Maren Bieblich, Maria Braun und Anne Willm sagen ihnen auch etwas?"

Dieses Mal nur ein schweigendes Nicken.

„Gut. Dann will ich ihnen ein paar Details nennen, die sie vielleicht nicht kennen. Walther ist seit diesem Abend spurlos verschwunden und ich sage betont nicht abgetaucht. Er ist von seiner Schwester als vermisst gemeldet worden, und zwar deshalb, weil er sich in der Zeit, als er für alle anderen immer angeblich abgetaucht war, um seine demenzkranke Mutter gekümmert hat."

Kate machte eine Pause, um ihre Worte etwas wirken zu lassen und sie sah, wie Schwester Angelika tief Luft holte.

„Ein junger Mann, mit dem er in geschäftlichen Beziehungen stand ist ermordet worden", fuhr Kate fort. „Und ein junger Journalist, der in diesem Zusammenhang recherchierte, ist ebenfalls verschwunden und nein, Walther hat definitiv nichts damit zu tun."

Schwester Angelika starrte sie an. Sie schluckte, begann sich zu räuspern und sagte schließlich: „Und sie denken, dass Maren, Maria oder Anna etwas damit zu tun haben? Das ist doch absurd."

Kate schüttelte langsam den Kopf. „Was ich denke, ist gar nicht relevant. Es kommt darauf an, was die Polizei denkt. Immerhin haben diese drei Frauen Walther angegriffen und auch verbal attackiert."

Ihr Gegenüber senkte den Kopf und schwieg.

Kate beugte sich vor und legte Schwester Angelika ihre Hand auf den Arm. „Wer ist denn auf diese hirnverbrannte Idee gekommen?"

Kate sah, wie ihr Gegenüber mit sich kämpfte. Sie zog die Hand zurück und nahm wieder Abstand.

„Gut. Bisher hat der Staatsanwalt gegen die drei noch keine Ermittlungen eingeleitet, aber angesichts der Lage…"

Sie machte eine kurze Pause. „Ich wollte sie nur vorwarnen, weil ich erfahren habe, dass sie die Initiatorin der Kampagne gegen Walther sind."

Kate erhob sich und wandte Schwester Angelika den Rücken zu.

„Frau Schulz… Kate, bitte setzen sie sich wieder. Ich muss ihnen etwas sagen."

„Und wer ist jetzt diese Caroline Faber?", fragte Mike irritiert, als Kate ihm sowie Mary Struwe und Marianne Jäger von ihrer Unterhaltung mit Angelika Volmers berichtete.

„Eine Caroline Farber gibt es weder in Plauen noch in der näheren Umgebung", sagte Frieder Lein, der gerade den Beratungsraum betrat.

Kate nickte. „Das konnte ich mir denken."

Dann sah sie die Beamten an. „Angelika Volmers und noch einige Frauen, sieben an der Zahl, haben gegen die Lesungen von Walther Stimmung gemacht. Sie waren von seinem Auftreten und den Inhalten seiner Bücher angeekelt, wenn ich das mal wörtlich zitieren darf. Sie haben ihn auch angeschrieben, allerdings noch mit einem Vokabular, das vertretbar ist, auch wenn die Briefe und Mails immer an Schärfe zunahmen."

Kate deutete auf Frieders Laptop. „Steven hat euch alles zusammengefasst und geschickt. Jedenfalls haben sie einigen Staub aufgewirbelt, immer mehr Frauen, es waren ausschließlich Frauen, bekundeten ihre Solidarität mit ihnen, unter anderem auch Jutta Günter, wie sie mir selbst erzählte."

„Na das glaube ich gern", murmelte Mike, der noch immer nichts mit der esoterischen Ader der ehemaligen Ärztin anfangen konnte.

Kate lächelte. „Schließlich meldete sich bei Schwester Angelika eben jene Caroline Faber. Erst per E-Mail, dann auch via Telefon. Sie erzählte ihr nach einer Weile, dass Fred Walther sie nach einer Lesung sexuell auf das übelste missbraucht habe und sie ihn nur nicht angezeigt hätte, weil er ihr drohte, nicht nur ihren Ruf nachhaltig zu schädigen, sondern sich auch an ihren Eltern zu rächen."

Marianne schüttelte den Kopf. „Und das hat Angelika Volmers geglaubt?"

Kate sah zu ihr hin. „Vergess nicht, Angelika ist ein sehr empathischer Mensch, sie hat keine Minute damit gerechnet, dass diese Frau unter falschem Namen agiert und sie nur manipulieren wollte."

Marianne nickte und seufzte leise. „Von ihr kam schließlich auch die Idee, diesen Zwischenfall im Alexandra zu provozieren. Die drei Frauen haben sich dann spontan bereit erklärt, als Angelika das in ihrer kleinen Gruppe besprach."

„Was ja dann auch geklappt hat", wandte hier Mike ein. „Wir müssen also davon ausgehen, dass Walther, nachdem er seine Assistentin weggeschickt hatte, entführt wurde, eben von dieser ominösen Caroline Faber."

„Aber wie? Wie entführt man einen Mann, der ja nicht eben zierlich ist." Frieder Lein sah alle Anwesenden an.

„Indem ich dir eine Pistole an die Schläfe halte?", sagte Mary lax und erntete von den anderen ein Lächeln. Frieder errötete etwas.

„Oder sie hat ihn betäubt, vielleicht mit k.o. Tropfen. Es wäre ja nicht so aufgefallen, wenn ein Gast zufällig ihren Weg kreuzt, und eine Frau bringt ihren stark angetrunkenen Mann zur Tiefgarage", meinte Marianne.

„Das setzt allerdings voraus, dass er die Frau kannte

und ihr so weit vertraute, ein Getränk von ihr anzunehmen", sagte Mike leise und klopfte gedankenverloren mit dem Stift auf die Tischplatte.

Kate nickte. „Ganz genau."

Kapitel 15

Es war den drei Frauen anzusehen, wie unangenehm ihnen die Begegnung mit jenem Abend war und vor allen Dingen auch mit dem, wie Kate es vorhin genannt hatte, feindlichen Lager, nämlich jenen Fans von Walther, die polizeilich erfasst worden waren und jetzt vollzählig auf Bitten der Polizei hier erschienen waren.

Sicher erhofften sie sich durch ihre Kooperation ein aussetzen einer strafrechtlichen Verfolgung.

Mary Struwe war damit beschäftigt, alle zu fragen, wo sie an jenem Abend gesessen hatten und sie entsprechend wieder so zu positionieren.

Maren Bieblich, Maria Braun und Anne Willm blieben einstweilen vor der Glastür stehen, wie Kate sie instruiert hatte.

Vorn an dem Tisch stand Matt, anstelle von Walther hatte Mike Kommissaranwärter Frieder Lein postiert.

Neben ihm saß, wie an jenem Abend Camilla Lehner, die sichtlich nervös an ihrer Bluse zupfte.

„Hoffentlich dauert das heute nicht so lange, ich erwarte noch Gäste", raunte sie Matt zu, der ihr verständnisvoll zunickte.

Mike sah zufrieden auf das Arrangement und nickte Kate zu.

„Wer von ihnen ist nach vorn gegangen, um sich ein Autogramm zu holen?", fragte sie die inzwischen sitzenden Frauen, als sich zwei meldeten.

„Es waren noch zwei vor uns, die sind allerdings

gleich gegangen als das…hier losging", sagte eine gepflegte Brünette, die langsam nach vorn ging.

Eine zweite, schon etwas ältere Frau folgte ihr. Sie blieben vor Frieder stehen, der sie angrinste.

Kate musste sich unwillkürlich ein Lächeln verkneifen und deutete auf die Glastür.

Die drei Frauen kamen herein, allerdings wesentlich gesitteter als an jenem Abend.

Matt trat auf Anne Willm zu, die auch heute eine Kinderspritzpistole in der Hand hielt. Er legte ihr aber nur sanft die Finger um ihr Handgelenk und lächelte sie dabei an. Scheu erwiderte sie es.

Mike wandte sich jetzt an die sitzenden Frauen.

„Haben sie gesehen, wer den Raum verlassen hat?"

Eine große schlanke Frau mit auffallend üppiger Haarmähne meldete sich zögerlich zu Wort.

„Also, die beiden Frauen, die auch mit angestanden haben nach einem Autogramm sind gleich gegangen und der einzige Mann, aber den kenne ich. Er hat einen Kiosk in Pöhl. Drei andere Frauen sind dann gleich nach ihm auch gegangen, sie gehörten zusammen, es schienen Freundinnen oder Arbeitskolleginnen zu sein."

Mike nickte ihr zu. „Danke, sie haben eine sehr gute Beobachtungsgabe."

Sie lächelte verlegen. „Ich habe täglich mit vielen Menschen zu tun, da gehört das wohl dazu."

Inzwischen ging vorn die Rekonstruktion des Tatverlaufes weiter, allerdings nicht mit Tomaten und

Eiern, sondern kleinen Softbällen.

Matt stürzte sich gerade auf Frieder und riss diesen zu Boden, während Camilla Lehner aufsprang. Frieder fluchte leise, scheinbar war Matt nicht gerade zaghaft mit ihm umgegangen und ließ sich, anders als damals Walther, von ihm auf die Beine helfen. Auf Kates Zeichen hin gingen die Frauen, die bisher auf den Stühlen gesessen hatten, mit Schaumstöcken und nicht wie damals mit Flaschen oder Stuhlbeinen bewaffnet, auf die drei Walther-Gegnerinnen los und sie sah Mike an, dass dieser, ob der skurrilen Szene am liebsten in lauthalses Lachen ausgebrochen wäre. Matt hatte inzwischen Camilla Lehner angewiesen, Walther alias Frieder Lein nach oben zu bringen und dieser zog auf der Treppe sein Smartphone aus der Tasche und tat, als wolle er telefonieren.

„Stopp", rief jetzt Mike und alle blieben in ihrer Position. Er deutete Frieder und Walthers Assistentin, wieder herunterzukommen und wandte sich an die Frauen.

„Ich danke ihnen, meine Damen für ihre Kooperation. Damit haben wir noch einmal einen genauen Ablauf des Abends rekonstruieren können. Ich werde ihre Kooperation dem Staatsanwalt gegenüber natürlich positiv erwähnen."

Er sah in deutlich erleichtertere Gesichter als noch vor einer halben Stunde.

„Dann könne wir gehen?", fragte die Brünette und Mike nickte. „Natürlich. Danke."

Alle strebten dem Ausgang zu, aber Maria Braun

kam noch einmal zurück.

„Herr Hauptkommissar?"

Mike wandte sich zu ihr um.

„Ich wollte nur sagen, was immer auch mit Herrn Walther passiert ist, das wollten wir nicht. Wir sind gegen seine Art, mit bestimmten Dingen umzugehen, aber wir würden ihm nichts antun. Das müssen sie bitte glauben."

Mike sah sie an, als plötzlich Camilla Lehner an seine Seite trat. „Ach hören sie doch auf. Sie und ihresgleichen machen ihm seit Jahren das Leben schwer, schreiben ihm Hassbriefe und E-Mails, verunglimpfen ihn in den sozialen Netzwerken und in der Presse. Sie schrecken doch auch nicht vor Gewalt zurück, das haben wir ja hier gesehen."

Maria Braun war unwillkürlich einen Schritt zurückgetreten. „Aber…", stammelte sie, als Kate neben ihr auftauchte und sie sanft am Arm berührte.

„Ich bringe sie hinaus, Frau Braun", sagte sie.

„Verrücktes Weibsbild", rief Lehner ihr noch nach, als Kate die Glastür geschlossen hatte und Maria Braun durch das Foyer begleitete.

„Ich weiß gar nicht, was in diese Frau gefahren ist", murmelte Maria Braun.

Als Kate ihr schweigend die Außentür aufhielt, zögerte diese einen Augenblick auf der Schwelle.

„Was wir hier getan haben, Frau Schulz, ich glaube das war wirklich völlig daneben. Aber wir waren so aufgebracht…ach Schwamm drüber."

Kate klopfte ihr auf die Schulter.

„Sie haben recht, eine Meisterleistung war das nicht, aber trösten sie sich, sie wurden alle sehr geschickt manipuliert."

Als sie den erstaunten Blick der Frau sah, nickte Kate.

„Fragen sie Angelika Volmers. Sie wird ihnen die Details sagen."

Damit nickte sie ihr zu und ließ sie völlig verdutzt stehen.

Als Kate in den Raum zurückkehrte, redete Camilla Lehner ziemlich aufgebracht auf Mike ein, der lässig an einem Stuhl lehnte und ihr zuhörte.

„Ich habe es damals nicht verstanden und ich verstehe es heute nicht, dass nichts gegen diese drei Personen unternommen wird."

„Ich erkläre es ihnen gern noch einmal, Frau Lehner. Herr Walther hat keine Anzeige erstattet und das Hotelmanagement wird sich mit den Damen, und zwar aus beiden Gruppen, außergerichtlich einigen was die Schadenssumme betrifft. Setzen sie sich jetzt bitte."

Mike deutete auf einen Stuhl und mit einem beleidigten Gesichtsausdruck setzte sich Walthers Assistentin auf den ihr zugewiesenen Platz.

„So", sagte Matt und trat neben Mike. „Das Telefonat, dass Herr Walther auf der Treppe geführt hat, ist bekannt. Er hat mit seiner Schwester telefoniert und ihr erzählt, dass es ein bisschen, ich zitiere ihn, Tumult gegeben hat. Er lege sich jetzt hin, weil er in der vergangenen Nacht nicht gut geschlafen hat."

„Das hat er zu mir auch gesagt", sagte Camilla Lehner und nickte Matt zu.

Dann sah sie Mike an. „Kann ich jetzt endlich gehen, Herr Hauptkommissar? Ich habe mir diese Farce nun lange genug angeschaut. Was haben sie denn damit bezweckt, diese Frauen mit Softbällen und Schaumstöckchen hier herumalbern zu lassen?"

Mike lächelte sie an. In diesem Moment läutete sein Smartphone.

„Oh, Entschuldigung. Das dürfte hoffentlich die Antwort auf ihre Frage sein."

Sie starrte ihn an, während er sich abwandte.

Dann zuckte sie die Schultern und stand auf. „Das ist mir jetzt wirklich zu dumm", sagte sie an Matt gewandt und lief in Richtung Tür, wo Kate ihr den Weg versperrte.

„Frau Schulz, was soll denn das?"

Verärgert wollte sich Camilla Lehner an ihr vorbeidrängen, als Matt herantrat und sie am Arm nahm und zurück zu ihrem Stuhl führte. Sie hatte gegen ihn nicht die geringste Chance, versuchte sich aber trotzdem zu wehren. Er drückte sie auf den Stuhl und blieb neben ihr stehen.

Mike hatte sein Telefonat beendet und nickte Kate zu. Dann sah er Camilla Lehner an. „Herr Walther befindet sich auf dem Weg ins Krankenhaus. Der Notarzt hat eine Barbituratindoxikation festgestellt, aber er konnte seinen Zustand stabilisieren und er hat bereits den begleitenden Beamten gegenüber eine kurze Aussage gemacht."

Camilla Lehner war plötzlich so blass geworden, das Matt noch näher an den Stuhl herantrat, um sie im Notfall auffangen zu können, sollte sie ohnmächtig werden.

Mike schien das weniger zu beeindrucken.

„Diese Farce hier, Frau Lehner, haben wir nur für sie inszeniert. Inzwischen hatten die Beamten genügend Zeit, ihren kleinen Bauernhof bei Marieney gründlich zu durchsuchen, natürlich auf Beschluss der

Staatsanwaltschaft, sollte das ihre nächste Frage sein."

Kate war jetzt von der Tür zu Camilla Lehner getreten und sah ihr fest in die Augen.

„Wo ist Maximilian Krause?"

Diese fuhr instinktiv etwas zurück. „Ich weiß nicht, was sie von mir wollen", stammelte sie mit unnatürlich hoher Stimme.

Mike nickte in Richtung der Glastür, wo zwei uniformierte Beamte eintraten. „Nehmen sie Frau Lehner mit auf das Polizeirevier", sagte er und legte Kate die Hand auf die Schulter.

Nachdem die beiden Beamten die laut protestierende Frau über den Hinterausgang nach draußen gebracht hatten, sah Mike Kate an. „Von Max war im gesamten Anwesen keine Spur."

Sie stöhnte auf, aber er hob beruhigend die Hand.

„Ich werde versuchen ihr einen Deal anzubieten."

Kate runzelte die Stirn und sah ihn an. „Aus welchem CSI-Krimi hast du denn das?"

Trotz der ernsten Situation musste Mike lächeln. „Du weißt das und ich weiß das, aber Camilla Lehner? Die kann ich mit so etwas ködern, vertrau mir."

Er strich sanft über ihre Falten auf der Stirn.

„Der Zweck heiligt die Mittel, deine Rede. Und Max ist es allemal wert."

Camilla Lehner sah Mike mit zusammengebissenen Zähnen an. Dieser ignorierte das einfach.

„Frau Lehner, der Tod von Nico Baumann war kein Mord, sie wollten ihn ja nicht töten, das war nicht geplant. Die Sache ist außer Kontrolle geraten, das wird man berücksichtigen. Aber wenn sie dem Staatsanwalt jetzt entgegenkommen und uns sagen, wo Maximilian Krause ist, dann kann das so gut für sie ausgehen, dass ihnen, wenn Herr Walther keine Anzeige gegen sie erstattet, und das wird er gewiss nicht, eine Haftstrafe vielleicht sogar erspart bleibt."

„Ich fass es nicht", murmelte Staatsanwalt Doktor Gebhardt im Nebenraum und sah Kate fast anklagend an. „Wie kann er nur so etwas von sich geben?" Diese zuckte die Schultern. „Der Zweck heiligt die Mittel, wenn wir nur Max lebend finden", antwortete Kate, und dachte dabei an Mikes Worte.

Der Staatsanwalt stöhnte auf, sagte aber nichts mehr.

„Frau Lehner, bitte, sie sind doch keine eiskalte Mörderin. Eine Frau, die so starke Gefühle für einen Menschen entwickeln kann, dass sie alles für ihn tut, um Schaden von ihm abzuwenden, ist kein schlechter Mensch. Maximilian Krause kann Herrn Walther doch jetzt nicht mehr schaden und er wird es auch nicht."

Mike hatte sich entschlossen, gemeinsam mit Marianne dieses Verhör zu führen, was Mary sofort akzeptiert hatte. Mariannes mütterliche Art hatte schon oft wahre Wunder bewirkt.

Auch jetzt redete sie ruhig und empathisch auf

Camilla Lehner ein, die zum ersten Mal in ihre Richtung schaute.

„Sie haben sich gegen Fred gestellt, dieser Journalist. Er hat behauptet, Fred würde seine Bücher gar nichts selbst schreiben, genau wie dieser Baumann. Der wollte mir sogar Beweise zeigen, ha, Beweise."

Sie lachte rau auf. „Er zeigte mir Textstellen, Textstellen, die er angeblich umgeschrieben hat, weil es sonst kein Mensch lesen würde. Ich war so wütend auf ihn, so wütend."

Mike wollte etwas sagen, aber Marianne warf ihm einen Blick zu und er nickte kaum merklich.

„Da haben sie diese Statue genommen und zugeschlagen?"", fragte Marianne leise und Camilla Lehner nickte zögerlich.

„Ich wollte das nicht, ihn töten, meine ich. Aber ich konnte doch nicht zulassen, dass er solche Lügen verbreitet, oder?"

Sie sah von Marianne zu Mike und dann auf ihre, auf dem Tisch aneinander gepressten Hände. „Nein, das konnte ich nicht."

Marianne beugte sich langsam zu ihr. „Frau Lehner, was ist mit Maximilian Krause? Wo ist er?"

Walthers Assistentin hob den Blick nicht.

„Frau Lehner, bitte", sagte Marianne nach einer Weile, aber es erfolgte keine Reaktion.

Mike, der sich inzwischen an die Wand gestellt hatte, um Marianne die Gesprächsführung zu überlassen, trat an den Tisch heran und stützte sich vor Camilla Lehner auf diesen.

„Frau Lehner, wo ist Maximilian Krause?"

Seine Stimme war nicht so ruhig wie die von Kommissarin Jäger. Als noch immer keine Reaktion erfolgte, ließ er eine Faust niedersausen, nur Millimeter von Camilla Lehners Händen. Sie zuckte zusammen.

„Wo ist Maximilian Krause?"

Marianne klingelten die Ohren von Mikes Lautstärke, nur Lehner zeigte sich scheinbar unbeeindruckt.

„So kommen wir nicht weiter", sagte Doktor Gebhard im Nebenraum und tigerte auf und ab.

Kate starrte auf die Szene, die sich im Nebenraum abspielte und hatte Mühe, ihre Ungeduld in den Griff zu bekommen.

Wenn Maximilian Krause noch lebte, war jede Stunde kostbar. In diesem Moment klingelte das Smartphone des Staatsanwaltes. Er ging vor die Tür, um gleich darauf zurückzukommen.

„Die Klinik, Walther ist außer Lebensgefahr."

Kate wollte sich an ihm vorbeidrängen, als er sie am Arm festhielt.

„Wohin wollen sie, Frau Schulz?"

Sie war fast versucht die Augen nach oben zu drehen.

„Ins Krankenhaus, Herr Doktor Gebhardt. Vielleicht ist Walther der Einzige, der außer Frau Lehner weiß, wo Maximilian sein könnte."

Der Staatsanwalt schüttelte den Kopf und klopfte gegen die Scheibe des Nachbarraums. Kurz darauf standen Marianne und Mike auf dem Flur.

„Ich unterbreche ihr Verhör ungern, aber sehr fruchtbar war es bisher nicht."

Als er Mikes Miene sah, winkte er ab. „Wir sollten uns beeilen, Fred Walther hat einen Verdacht geäußert, wo sich Maximilian Krause befinden könnte." Dann schwenkte sein Blick zu Kate. „Diese Idee hatte ich nämlich auch."
Diese lächelte ihn an.

Das Mehrfamilienhaus in der Ostvorstadt von Plauen stand, genau wie das benachbarte Haus, schon seit den 1990-ziger Jahren leer und sämtliche Fenster, einschließlich der Haustür waren, zum Schutz vor Randalierern, zugemauert.

„Das Haus hat Frau Lehners Großeltern gehört und ist de facto noch immer im Familienbesitz. Herr Walther wusste, dass seine Assistentin einiges an Grundbesitz hat, auch wenn ihn das nie außerordentlich interessierte, genau so wenig, wie er ihre Schwärmerei für ihn wohl nie wirklich bemerkt hat. Das er es mit einer verrückten Stalkerin zu tun hatte, fiel ihm sicher erst auf als es zu spät war. Sie muss ihn, nach seiner Entführung, die ganze Zeit mehr oder weniger unter Medikamente gesetzt haben. Einmal erwähnte sie jenes Haus im Zusammenhang mit Maximilian Krause, da ist er sich ganz sicher, auch wenn ihm sonst einige Tage in seinem Gedächtnis völlig zu fehlen scheinen", erläuterte Doktor Gebhardt seinen Mitfahrern, während er seinen Wagen Richtung Ostvorstadt lenkte.

Vor dem Haus war bereits ein Großaufgebot an Polizei, Feuerwehr und Rettungskräften.

Gebhardt parkte galant ein und stieg aus.

Einer der Feuerwehrleute, augenscheinlich der Leiter, näherte sich ihm. „Herr Staatsanwalt, wie bereits erwartet, verfügt das Haus über keinen Eingang mehr, alles zugemauert, aber es ist wahrscheinlich über einen Kellergang mit dem Nachbarhaus verbunden und da gibt es eine kleine Hoftür, die noch offen ist."

Gebhardt nickte und sah Mike an.

Dieser ging mit dem Leiter der Feuerwehr, den er zu kennen schien auf die rückwärtige Seite des Hauses.

Die genannte Tür stand bereits offen.

„Gehen wir rein", sagte Mike und der Feuerwehrleiter winkte zwei seiner Kameraden heran.

Einer davon reichte Mike einen Helm. „Besser ist", sagte er und Mike setzte ihn auf.

Die Stufen waren glitschig und teilweise nass.

„Die zwei starken Gewitter der letzten Wochen", sagte einer der Männer, als Mike fast ausgerutscht wäre. Zwei Taschenlampen zeigten ihnen den Weg. Ab und an huschten Mäuse vorbei oder Kakerlaken fühlten sich gestört. Sie kamen an eine Tür, die mit einem neuen Schloss versehen war, scheinbar die Verbindungstür zum anderen Haus.

„Öffnen", befahl der Feuerwehrchef knapp und mittels Bolzenschneider war die Sache in wenigen Sekunden erledigt.

„Jedenfalls wissen wir jetzt das vor kurzem jemand hier unten war", meinte dieser und deutete auf das neuwertige, verchromte Schloss, das jetzt am Boden lag. Dahinter war es stockfinster und man sah im aufflammenden Licht mehrere Kellerabteile.

„Hier", rief Mike und eilte in den einen Keller, dessen Lattentür offenstand. In der Ecke lag, neben einem Rucksack und zwei leeren Wasserflaschen, ein lebloses Bündel Mensch.

Mike atmete tief ein. „Verdammter Mist", sagte er leise und lehnte sich an die nasse Wand.

Der Feuerwehrmann näherte sich der leblosen Gestalt und beugte sich zu ihm hinunter. Hinter ihnen kam im Eiltempo der Notarzt mit zwei Rettungssanitätern durch den Gang, angefordert vom Leiter der Feuerwehr. Der Notarzt schob den Feuerwehrmann zur Seite, der seinerseits in seine Richtung den Kopf schüttelte.

„Der liegt schon eine Weile hier, er…"

Mike schloss kurz die Augen und machte sich auf den Weg nach draußen, um die Spurensicherung zu verständigen. Sie konnten hier nichts mehr tun.

„Ich habe einen Puls", rief plötzlich der Notarzt und innerhalb von Sekunden setzte hektische Geschäftigkeit ein.

Mike konnte es noch gar nicht fassen, als der bisher leblose Körper von Maximilian Krause auf den Rücken gedreht und notärztlich versorgt wurde.

Er presste sich an die Wand, um dem Arzt und den Rettungssanitätern nicht im Wege zu stehen, von denen einer gerade telefonisch Verstärkung anforderte.

„So, und alle die nicht hier sein müssen, bitte raus", forderte der Arzt und Mike zog sich mit den beiden Feuerwehrleuten zurück.

Im Gang kamen ihm bereits zwei weitere Sanitäter mit einer Trage entgegen.

Er war froh, wieder an der frischen Luft zu sein und ging nach vorn zur Straße, wo bereits alles weiträumig abgesperrt worden war. Es hatten sich natürlich auch wieder zahlreiche Schaulustige hinter der Absperrung eingefunden und Mike sah einige

Smartphones, die in die Höhe gehalten wurden und wahrscheinlich live ins Internet streamten.

In diesem Moment hielt mit quietschenden Reifen ein alter Ford von inzwischen undefinierbarer Farbe und eine junge Frau mit Dreadlocks versuchte durch die Polizeiabsperrung zu kommen.

„Presse, ich bin von der Presse", rief sie, einen Ausweis in die Höhe haltend.

Mike deutete dem Polizisten die junge Frau passieren zu lassen. „Ist er es? Ist es Max?", fragte sie, kaum bei Mike angekommen.

Er nickte. In diesem Moment erschien die Trage im Blickfeld der Menschenmenge.

Die junge Frau wollte losstürmen, aber Mike hielt sie am Arm fest. „Laura, nicht. Bleiben sie hier. Wir können jetzt nichts tun." Er sah Tränen in ihren Augen und lächelte ihr zu. „Bleiben sie bitte hier, ich frage den Notarzt, okay?"

Sie schluckte und nickte, während die Tränen über ihr Gesicht liefen. Mike ging zum Rettungswagen. Aus dem Augenwinkel sah er Kate, die zu Laura lief und sie umarmte. „Wie sieht es aus?", fragte Mike den Notarzt.

Der zog eine Augenbraue in die Höhe. „Schlecht, um es kurz zu machen. Mit Sicherheit hätte er in ein paar Stunden nicht mehr gelebt. Er ist völlig dehydriert. Aber wir tun unser Bestes."

Mike nickte ihm zu und der Rettungswagen jagte mit Blaulicht davon.

Kapitel 16

Kate saß wieder im Wartezimmer vor der Intensivstation und es war wie ein Déjà-vu. Wie lange war es her, dass sie hier um das Leben von Mikes Kollegin, Kommissarin Jäger gebangt hatten?
Sie hatte, unmittelbar nachdem die Spurensicherung eingetroffen war, die völlig verstörte Laura nach Hause gefahren und war dann, als diese eingeschlafen war, hier hergefahren.
Vor Ort hätte sie nichts mehr ausrichten können, das war jetzt alles Sache der Polizei. Die letzte Information, die sie bekommen hatte, war, dass Maximilian Krauses Leben wohl noch immer am seidenen Faden hing und das er überhaupt noch lebte, hatte er der Tatsache zu verdanken, dass er die zwei Wasserflaschen, die er immer in seinem Rucksack mit sich führte, nach den schweren Gewittern, die über Plauen getobt hatten, mit Regenwasser füllen konnte, das durch einen schmalen Spalt hereingedrückt wurde.
Mike hatte ihr am Telefon gesagt, dass sie einige Müsliriegelverpackungen gefunden hatten, scheinbar die Notration von Max, die er immer bei sich hatte.
In diesem Moment öffnete sich die Tür der Intensivstation und Omar kam in angeregter Unterhaltung mit einer jungen Ärztin in das Wartezimmer.
Er steuerte auf Kate zu. „Kate, du kennst sicher noch Frau Doktor Welsch?"
Kate nickte, sie wusste, dass die Ärztin damals auch

bei Marianne öfter im Dienst war.

„Wie geht es Max?", fragte Kate diese jetzt und die Ärztin warf einen kurzen Blick auf Omar, der nickte.

„Er ist jetzt stabil und ich hoffe, ich lehne mich nicht zu weit aus dem Fenster, aber es sieht so aus, als würde er diese schreckliche Sache ohne langfristige Folgen überstehen. Zumindest physisch gesehen. Seine Werte haben sich sehr schnell weitgehend erholt. Aber ich kann nicht verschweigen, dass es sehr kritisch war. Noch ein paar Stunden und er wäre tot gewesen."

Kate nickte und es war ihr anzusehen, wie erleichtert sie war.

„Max ist ein Kämpfer", sagte jetzt auch Omar und ließ sich auf den Sitz neben Kate fallen.

„Also dann, Frau Kollegin, noch einen angenehmen Dienst."

Die junge Ärztin nickte ihnen beiden zu und verschwand wieder hinter der Tür mit der Aufschrift *Intensivstation*.

„Ist er wach?", fragte Kate jetzt Omar, aber der schüttelte den Kopf. „Nein, künstliches Koma. Ich denke, sie wollen ihn erst so weit stabilisieren, dass sie mögliche psychische Reaktionen besser abfedern können."

Er holte tief Luft und atmete geräuschvoll aus.

„Armer Kerl. Er hat bis zum Schluss nicht gewusst, ob er lebend da wieder herauskommt. Der Hunger muss schon schlimm sein, aber der Durst und dieses Regenwasser, das durch die Steine gesickert kam, war mit Sicherheit reichlich kontaminiert. Dafür sind seine Werte wirklich relativ gut."

Er erhob sich und reichte Kate die Hand. „Komm", sagte er und zog sie vom Sitz hoch.

„Wir können hier nichts mehrt tun. Wenn sie ihn aufwachen lassen, wird der Kollege Feigler dabei sein und ihn psychotherapeutisch begleiten."

Kate folgte Omar zu den Fahrstühlen.

„Sag mal, Fred Walther liegt doch auch hier in der Klinik?", fragte sie.

„Hm", machte Omar, betrat mit ihr den Fahrstuhl und drückte auf Tiefgarage. „Ich fahre mit dir", sagte er, ohne auf Kates Frage einzugehen.

Sie lehnte sich an die Wand des Fahrstuhls und schüttelte den Kopf. „Echt jetzt? Hast du den Auftrag von Mike?"

Er lachte leise. „Ertappt. Er will nicht, dass du vor ihm mit Walther redest."

Der Fahrstuhl hielt und sie betraten die Tiefgarage. Omars SUV stand auf seinem angestammten Platz.

„Du kannst ruhig mit deinem Wagen fahren, ich kehre nicht um und gehe zu Walther. Großes Indianerehrenwort."

Er klopfte ihr auf die Schulter und schlenderte auf seinen Wagen zu, während sie in den ihren stieg und die Tiefgarage verließ.

Fred D. Walther lag auf der Privatstation des Klinikums. Etwas anderes hätte Mike auch kaum erwartet. Sein behandelnder Arzt hatte einer Befragung zugestimmt, wenn Herr Walther damit einverstanden wäre und diese 30 Minuten nicht überschreiten würde.

Als Mike die Station betrat, kam ihm Rebecca Scheel, Walthers Schwester, entgegen. „Herr Hauptkommissar. Mein Bruder erwartet sie bereits."

Mike reichte ihr die Hand. „Ich bin sehr froh, dass es für ihn so glimpflich ausgegangen ist", sagte er und die junge Frau nickte. „Ich habe gehört, der junge Journalist ist auch außer Lebensgefahr?"

Mike nickte.

„Gott sei Dank", sagte sie und lächelte Mike zu. „Grüßen sie ihre Frau recht herzlich von mir." Damit nickte sie ihm noch einmal zu und verließ die Station.

Fred D. Walther lag in seinem Bett und starrte an die gegenüberliegende Wand, wo ein großes Foto einer bunten Sommerwiese, in der roter Mohn dominierte, hing.

„Wissen sie Herr Hauptkommissar, ich hatte Angst, Angst so etwas nie wieder zu sehen."

Er nickte in Richtung des Fotos, dann wandte er sich Mike zu. „Das Schlimmste war, dass ich diese Angst nicht zeigen konnte, nicht zeigen durfte. Ich glaube, dann hätte sie mich auch getötet."

Mike nahm sich einen der bequem aussehenden Stühle und setzte sich neben das Bett.

„Sie meinen Camilla Lehner?"

Walther nickte. Dann seufzte er.

„Das Schlimme ist, ich hätte ihr so etwas nie zugetraut. Sie war eine gute Assistentin, ja, immer bereit,
jede Störung von mir fernzuhalten, mir jeden
Wunsch zu erfüllen. Aber darüber hinaus…"

Er beendete den Satz nicht, sondern winkte nur etwas ab. Dann strich er sich über die Stirn.

„Dem jungen Journalisten geht es besser, sagte der
Arzt?", fragte er plötzlich und Mike nickte.

„Sie haben ihm praktisch das Leben gerettet. Hätten
sie uns nicht auf diese Spur mit dem Haus gebracht,
wären wir wohl erst später darauf gekommen und
das wäre dann zu spät für Maximilian gewesen."

Mike hörte das aufatmen seines Gegenübers.

„Da konnte ich ja wenigstens etwas Gutes tun", sagte
er leise und Mike war geradezu fasziniert, wie das
Bad-Boy-Image, das Walther als Autor gepflegt hatte,
komplett verschwunden war. Er wirkte jetzt genau
so, wie seine Schwester Rebecca ihn beschrieben
hatte.

„Sagen sie, Herr Walther, wie hat Frau Lehner sie eigentlich aus ihrem Hotelzimmer gebracht?"

Walther schwieg eine Weile und Mike dachte schon,
die Befragung werde ihm zu viel. Aber dann sah er
ihn an. „Sie brachte mir, wie immer nach einer Lesung, einen Whisky."

Lächelnd schüttelte er den Kopf. „Wissen sie, Herr
Hauptkommissar, ich mag das Zeug eigentlich nicht,
aber es passte zu meinem Image, natürlich auch
Camilla gegenüber."

Dann wurde er wieder ernst. „Sie musste mir k.o.-Tropfen hineingemischt haben. Ich kann mich an nichts mehr erinnern. Sie erzählte mir aber, sie habe mich in die Tiefgarage gebracht. Im Auto gab sie mir dann eine Spritze und legte mich auf die Rückbank. So konnte sie erst einmal ins Hotel zurückgehen, ohne Aufsehen zu erregen und checkte mich dort aus."

Mike nickte. Genauso hatte es Marianne geschildert. Walther strich mit seinen Händen geradezu bedächtig die Decke glatt.

„Sie hat mich zwar am Bett mit einer Handschelle festgemacht und ständig unter Beruhigungsmittel gesetzt, aber ansonsten relativ gut versorgt."

Er schluckte. „So viel Glück hatte Nico Baumann nicht. Ich darf gar nicht dran denken. Nico und ich haben uns gut verstanden. Ich hatte die Ideen, schließlich wusste ich, was meine Leser hören wollen, und er hatte das Talent zum Schreiben. Es war für ihn ein Job, aber er machte ihn verdammt gut."

Mike hatte die Uhr im Blick. Gleich würde ein Arzt oder jemand vom Pflegepersonal seine Befragung beenden. Eigentlich war alles klar.

„Was passiert jetzt mit Camilla?", fragte Walther.

Mike zuckte die Schultern. „Das ist jetzt Sache der Staatsanwaltschaft, des Gerichts und der Gutachter."

Er erhob sich und trat an Walthers Bett. „Sagen sie, wie geht es jetzt bei ihnen weiter?"

Walther lächelte müde. „Ich habe gestern mit dem Verlag telefoniert. Ich ziehe mich zurück. Von den

Tantiemen kann ich gut leben. Ich werde mich ver-
stärkt um meine Mutter kümmern."

Mike reichte ihm die Hand. „Wir werden uns sicher
erst vor Gericht sehen. Ich wünsche ihnen alles
Gute."

Kapitel 17

Kate eilte die Treppen hinauf zur Intensivstation. Die Schwester, die ihr auf ihr Läuten öffnete, deutete mit dem Daumen nach oben.

„Herr Krause ist seit heute verlegt, er liegt auf der Privatstation. Auf ausdrücklichen Wunsch von Professor Amri."

Sie lächelte und schloss wieder die Tür.

Kate drehte sich um und lief fast in Doktor Feigler hinein, den Chef der Psychiatrie. „Ah, Frau Schulz. Bestimmt möchten sie zu Herrn Krause."

Als sie nickte, deutete er in Richtung Fahrstuhl.

„Kommen sie, ich begleite sie."

„Wie geht es ihm?", fragte Kate und der Psychiater sah sie an, während er auf den Knopf neben der Fahrstuhltür drückte.

„Erstaunlicherweise besser als ich zu hoffen gewagt habe. Er hat gelegentliche Alpträume, aber am Tag kann er relativ gut mit den Erinnerungen umgehen. Derzeit erhält er noch eine niedrige Dosis an Beruhigungsmedikamenten, die ich aber in kürzester Zeit, auch auf seinen ausdrücklichen Wunsch, absetzen werde. Eine weiterführende Therapie lehnt er allerdings auch ab."

Die Fahrstuhltür öffnete sich und sie traten hinein.

„Frau Schulz, wenn jemand mit ihm darüber sprechen kann, dann sie."

Kate sah den Psychiater an und nickte langsam.

Ja, er hatte recht. Auch sie war in einer ähnlichen,

wenn auch anders gelagerten Situation gewesen und hatte geglaubt, es allein schaffen zu können, mit dem Trauma fertig zu werden. Ein verhängnisvoller Fehler, wie sich herausstellte.

„Ich werde mit ihm sprechen", sagte sie und Doktor Feigler nickte ihr zu. „Danke. Ich wusste, dass ich mich auf sie verlassen kann."

Als Kate das Krankenzimmer betrat, saß Laura am Bett von Maximilian Krause und die beiden fuhren auseinander wie Teenager, die man beim Rauchen hinter der Turnhalle erwischt hatte. Lauras Teint nahm eine rötliche Färbung an und als Kate näherkam, stand sie auf.

„Ich wollte gerade gehen", sagte sie und deutete auf den Stuhl. Mit einem Blick auf Maximilian, der ihre Gefühle für ihn, und das waren definitiv nicht die einer Mitarbeiterin zu ihrem Chef, ausdrückten, ging sie zur Tür.

Kate hielt sie auch nicht auf, denn sie wollte mit Max allein sprechen. Lächelnd sah sie ihr nach. Dann nahm sie Platz.

Maximilian Krause sah noch sehr blass aus und hatte, trotzdem er bereits vorher schlank gewesen war, beträchtlich an Körpergewicht verloren. Aber er wirkte stabil und setzte sich auch mühelos im Bett auf.

„Danke Kate", sagte er und seine Stimme klang noch etwas rau. „Ohne dein Engagement hätte man mich wahrscheinlich nicht gesucht."

Sie winkte ab. „Alles in allem war es Fred Walther, der den entscheidenden Hinweis gegeben hat."

Max nickte. „Ich weiß, wir haben uns schon unterhalten."

Und da war es plötzlich wieder, das Glitzern in seinen Augen und Kate grinste. „Ah, da sehe ich bereits eine Story, stimmts?"

Max nickte. „Ja, wir waren beide in den Fängen dieser… Verrückten, sorry, aber anders kann ich es nicht ausdrücken."

Er holte tief Luft. „Ich wundere mich, dass die Polizei noch nicht da ist, wegen der Aussage."

Kate lächelte etwas. „Es ist noch nicht durchgedrungen das du verlegt worden bist, aber glaube mir, sie sind schneller da als es dir lieb ist."

Maximilian Krause winkte ab. „An viel kann ich mich leider nicht erinnern." Er setzte sich etwas bequemer hin und sah Kate an. „Ich denke, wenn jemand ein Recht hat, es als erstes zu hören, dann du. Ich war durch Recherchen und bitte entschuldige, wenn ich dir meine Quelle nicht nenne, darauf gekommen, dass Fred Walther seine Romane nicht selbst geschrieben hat. Das war natürlich Sprengstoff, zumal ihm ja von einigen Seiten viel Wind entgegenwehte. Dann kam ich an Nico Baumann heran und fuhr nach Leipzig. Der hatte, wie ich erst später herausfand, einen Vertrag mit der Verlagsgruppe Wiese und Co. und hat sich komplett in Schweigen gehüllt. Aber ich…"

„Du hast dich mal wieder an der Story festgebissen wie Nachbars Fifi", ergänzte Kate und Max lachte leise.

„Ja und das sollte mir ja fast zum Verhängnis werden. Ich suchte ein Gespräch mit Walther, aber der war ja nicht zugänglich und so kam ich nur an seine Assistentin ran."

„Camilla Lehner?", fragte Kate und er nickte.

„Ja. Sie war dann auch bereit sich mit mir zu treffen. Das haben wir gemacht. Sie hat mich auf einen Kaffee eingeladen, in ein Stehcafé im Netto, da wäre es wohl am unauffälligsten, sagte sie. Es sehe alles nach einer Zufälligkeit aus, zwei Leute stehen an einem Tisch und kommen ins Gespräch. Das erschien mir vernünftig, schließlich sollte ja Walther keinen Wind davon bekommen. Kurz nachdem ich meinen Kaffee getrunken hatte, wurde mir komisch und sie bot an, mich nach Hause zu fahren. Also nahm sie meinen Rucksack und mich am Arm und führte mich zum Auto. Aufgewacht bin ich dann in diesem Keller. Die ersten zwei Tage habe ich bis zur Erschöpfung gebrüllt in der Hoffnung, dass mich jemand hört. Dann habe ich versucht, herauszukommen, ebenfalls erfolglos. Meinen Rucksack hatte sie mir gelassen. Allerdings ohne meinen Laptop, mein Smartphone und mein Schweizer Taschenmesser. Aber meine beiden Wasserflaschen und meine Notration an Müsliriegeln, die waren noch drin. Als das Wasser alle war, dachte ich wirklich, das war es jetzt."

Er atmete tief ein und aus und Kate legte ihre Hand auf die seine. „Du musst nicht weitererzählen."

Er sah sie an. „Du weißt, wie es ist, ich meine, dem Tod ins Auge zu blicken?"

Sie zog langsam die Hand zurück und nickte.

„Ja, das tue ich. Und ich weiß heute auch, dass es wichtig ist, darüber zu reden, auch mit einem Therapeuten. Ohne die Therapie hätte ich es wohl nicht geschafft."

Max sah sie lange an, dann nickte er. „Das hat mit Doktor Feigler auch gesagt. Ich war skeptisch, aber…" Er zuckte die Schultern. „Wenn eine so toughe Frau wie du eine Therapie gebraucht hat, dann muss ich mich allemal nicht dafür schämen", sagte er betont lax und Kate verbeugte sich lächelnd in seine Richtung. Wenn er so mit seinen Gefühlen besser zurechtkam, sollte es ihr recht sein.

Dann lehnte er sich wieder, diesmal entspannter, zurück. „Irgendwann lief dann ein kleines Rinnsal durch die Wand. Es schmeckte scheußlich, aber es war Wasser. Also habe ich meine Flaschen gefüllt." Er schüttelte sich etwas in Gedanken an die braune Brühe, die er getrunken hatte. „Dann versiegte es wieder und ein paar Tage später war es wieder da."

„Das waren die beiden schweren Gewitter, die über Plauen getobt haben und wahre Sturzfluten auslösten", erläuterte Kate und er nickte.

„Ja, das hat mir die Ärztin auch gesagt. Aber dann war Schluss und meine Flaschen aufgebraucht." Er atmete noch einmal tief ein und aus und sah Kate an. „Aber dann seid ihr ja noch rechtzeitig aufgekreuzt."

Kapitel 18

Kate saß auf der Terrasse und Mascha hatte sich gemütlich auf ihrem Schoß eingerollt. Der Nachmittag war noch einmal richtig warm geworden und Kate sah voller Stolz auf die Blütenpracht in ihrem Garten, die sie zum Großteil dem emsigen Engagement ihres Nachbarn Ernst Winter zu verdanken hatte.
Er hatte sich, nachdem eine Gartenbaufirma die Grundsanierung des Gartens, der eine Weile stark vernachlässigt worden war, durchgeführt hatte, den Feinheiten gewidmet und das Ergebnis war einfach wunderbar.
Kate nippte von ihrem Kaffee und schweifte mit dem Blick zum unteren Ende des Gartens. Dort würde im nächsten Jahr endlich ein Naturschwimmteich entstehen. Darauf freute sie sich ganz besonders.
Sie sah zur Uhr. Mike würde heute gewiss pünktlich nach Hause kommen, aber das erst in zwei Stunden.
Der Fall Camilla Lehner war abgeschlossen, sie hatte die Tötung von Nico Baumann ebenso gestanden wie die Entführung von Maximilian Krause und Fred D. Walther. Alles weitere war jetzt Sache der Staatsanwaltschaft und des Gerichtes.
Fred D. Walther hatte das Krankenhaus verlassen und war, wie sein Management verkündete, zu einer kreativen Pause an einen unbekannten Ort aufgebrochen. Genauere Details werde man seinen Fans zu gegebener Zeit mitteilen.

Auch Maximilian Krause war aus dem Krankenhaus entlassen worden. Er war bereits wieder voll im Geschäft und hatte Kates Rat bezüglich einer ambulanten Psychotherapie befolgt.

Maria Braun, eine der Frauen, die Walther im Hotel Alexandra attackiert hatten, war vergangene Woche bei Kate im Büro erschienen und hatte ihr gestanden, dass sie die Steinewerferin gewesen war.

„Sie müssen mir bitte glauben, Frau Schulz, dass ich weder sie noch ihren Mann verletzen wollte. Als ich davon erfahren habe, war ich am Boden zerstört. Ja, ich hätte mich selbst anzeigen müssen."

Sie hatte mit Tränen in den Augen geschwiegen und Kate wusste, dass diese Reue echt war.

Darum hatte sie, nach Rücksprache mit Mike, auf eine Anzeige verzichtet, zumal Frau Braun den entstandenen Schaden an der Terrassentür ersetzt hatte.

In diesem Moment klingelte es und Mascha sprang mit einem empörten Fauchen von Kates Schoß. Diese ging die Treppe hinunter in den Garten und sah nach vorn zum Eingangstor.

„Bogdan?", rief sie erstaunt und deutete ihm, nach hinten zu kommen. Dieser trat ein, schloss sie kurz in die Arme und folgte ihr auf die Terrasse.

„Kaffee?", fragte sie und er nickte.

Als sie aus der Küche zurückkehrte, hatte es sich Mascha inzwischen auf dessen Schoß bequem gemacht.

„Mascha, runter", sagte Kate, aber die Katze öffnete ein Auge nur einen Spalt breit und ignorierte den

Befehl ihres Frauchens.

Bogdan Serwowitsch lachte. „Lass sie nur. Vielleicht ist es der Duft von Kruste, der sie anzieht."

Kate, die immer noch über diesen seltsamen Hundename lächeln musste, den Bogdans Freundin ihrem riesigen Fellbündel gegeben hatte, reichte ihm den Kaffee und setzte sich.

„Schön, dass du einmal vorbeikommst. Man sieht dich ja kaum noch", sagte sie etwas vorwurfsvoll und der Bordellkönig von Plauen, wie er von einigen genannt wurde, hob die Hände.

„Ich hatte viel zu tun." Dann räusperte er sich. „Ich bin eigentlich aus einem anderen Grund hier. Ich benötige deinen Rat."

Kate sah ihn aufmerksam an. „Du hättest vielleicht in mein Büro kommen können?"

Er winkte ab. „Nein, nein. Nichts Dienstliches. Es ist…privat."

Kate lehnte sich zurück. „Hm", machte sie. „Geht es um Kristine?", fragte sie und er nickte.

Er nahm einen Schluck Kaffee, dann stellte er die Tasse entschlossen auf den Tisch, was Mascha ein kurzes Fauchen entlockte.

„Entschuldige", sagte er leise und streichelte sie, was sie mit einem Schnurren quittierte.

Dann sah er Kate wieder an. „Ich weiß, Kristine und ich kennen uns noch nicht so lange, aber…" Wieder zögerte er, etwas, was Kate von dem selbstbewussten, smarten Geschäftsmann gar nicht kannte.

„Aber?", fragte sie, nachdem Bogdan scheinbar um

die richtigen Worte rang.

„Ich habe mich immer nach eine Familie gesehnt, weißt du und Kristine ist die Frau, mit der ich eine Familie gründen möchte", brach es aus ihm heraus. Er holte tief Luft. „Ich möchte ihr einen Antrag machen. Hältst du das zu verfrüht?"

Kate war erstaunt, das Bogdan ausgerechnet von ihr einen Rat dahingehend erwartete.

Aber sie sah ihn eine Weile schweigend an, dann nickte sie. „Nein. Ich denke, das solltest du tun. Sie ist eine Frau, die mit beiden Beinen im Leben steht und die weiß, auf was sie sich mit dir einlässt."

Kate machte eine kleine Handbewegung. „Es ist nicht leicht, sich zum Beispiel mit Bodyguards umgeben zu müssen. Oleg sitzt bestimmt wieder draußen im Wagen, stimmt`s?"

Lächelnd nickte Bogdan.

„Siehst du, das meine ich. Aber Kristine wusste das von Anfang an, nachdem ihr Hund dich vor lauter Zuneigung in den Schnee geworfen hat."

Im Gedanken daran mussten sie beide lachen.

Bogdan atmete tief ein. „Danke, Kate", sagte er und stupste Mascha leicht an, die gekränkt von seinem Schoß sprang und in Richtung Garten davon stiefelte. Nachdem Bogdan sich erhoben hatte, nahm Kate ihn in die Arme.

„Ich wünsche dir von ganzem Herzen Glück, mein Freund, euch beiden wünsche ich das", sagte sie. Er erwiderte die Umarmung und ging dann behände die Treppe hinunter in den Garten.

An der unteren Stufe blieb er stehen.

„Wenn Kristine ja sagt, wären du und Mike bereit, unsere Trauzeugen zu sein?"

Kate lächelte. „Es wäre uns eine Ehre."

Nachwort:

Ich bin wirklich erstaunt, dass das schon der 18. Fall rund um Katherina „Kate" Schulz ist. Das war wohl so nicht geplant und ehrlich? Ich habe noch immer eine Menge von Ideen, meine ehemalige FBI-Agentin Kate Schulz in ihrer (und meiner) Heimatstadt Plauen ermitteln zu lassen.

Ich danke Ihnen und Euch für die Lesertreue und auch für das Feedback, das mir immer wieder gegeben wird. Es sind sogar meist Anregungen dabei, die ich zum passenden Zeitpunkt einfließen lassen werde, versprochen!

Die von mir geschilderten Geschichten, Einrichtungen und Menschen sind fiktiv. Allerdings sind die Straßen und Plätze und viele der erwähnten Gebäude in meiner Heimatstadt Plauen real, wie zum Beispiel das Hotel Alexandra an der Bahnhofstraße, die Plauener Kaffeerösterei und ihr Besitzer Daniel, der so freundlich ist, mir zu gestatten, Teile meiner Geschichten in seinen Räumen anzusiedeln, das gleiche gilt für das Kaffeehaus Müller (mein Lieblingskaffee).

Zur Autorin:

Annette G. Krupka wurde in Plauen geboren.

Sie besuchte hier die Schule, lernte Krankenschwester, studierte später Pflegemanagement, erwarb einen Masterabschluss und ist als freiberufliche Unternehmensberaterin tätig.

Heute lebt sie in einer Thüringer Kleinstadt und hat ein Fachbuch zum Thema Pflege veröffentlicht.

„**Verschwunden** " ist der achtzehnte Teil um die ehemalige FBI-Agentin Kate Schulz.

Bisher erschienen sind:

Lebensborn
Golem
Entführt
Methusalem
Filmriss
Virus
Engelsflug
Würgemale
Verlassen
Culpa
Phobie
Stollentod
Klassentreffen
Game
Nemesis
Rauhnacht
Marianne

Weitere Folgen sind geplant.

Liebe Leser, danke, dass Sie Kate Schulz bis zum
Ende des achtzehnten Falles gefolgt sind.

Sind Sie neugierig, wie es weiter geht mit Kate
Schulz???
Bald ist es so weit:

Kate Schulz 19 – „**Weihnachtsmanntod**"

Der erste Advent und damit die alljährliche Eröff-
nung des Plauener Weihnachtsmarktes steht bevor,
als ausgerechnet der Weihnachtsmann, in Person von
Karlheinz Felber, erkrankt. Schnell muss Ersatz gefunden werden und Friedrich Mollenhauer erklärt
sich spontan bereit, für Felber einzuspringen. Aber
auch Mollenhauer erscheint nicht wie vereinbart am
Besucherbergwerk Ewiges Leben und der Licht`lum-
zug muss ohne ihn stattfinden.
Erst als die Pyramide auf dem Altmarkt sich beleuchtet in Bewegung setzt, taucht Rentner Mollenhauer
auf, tot im Weihnachtsmannkostüm auf der Pyramide.
Nicht nur Professor Omar Amri ist unfreiwillig mit
seiner Familie als Erster zu Stelle, sondern auch
Hauptkommissar Mike Köhler und Kate Schulz.

Leseprobe

„Na, das nicht einmal der Weihnachtsmann dabei war, das ist schon schwach", moserte Professor Omar Amri, der den Zwillingssportwagen in Richtung Altmark schob, vor und hinter sich eine ganze Schar von Kindern unterschiedlicher Altersstufen, begleitet von Eltern, Großeltern oder anderen Verwandten und Bekannten, bewaffnet mit kleineren und größeren Lampions.

„Dafür haben wir das Christkind gesehen, nicht wahr?", erwiderte seine Frau und strich den Zwillingen Franz und Emma über die bemützten Köpfe.

„Wo ist das Christkind?", fragte Emma und versuchte sich weit nach vorn zu beugen.

„Bleib sitzen", ermahnte sie ihr Vater, aber die Unterlippe der kleinen Dame begann bereits verdächtig zu zittern.

„Wir sehen es doch gleich noch einmal, ganz fest versprochen", sagte Kate und drückte Emma sanft, aber bestimmt ins Polster zurück. Die Kleine sah zu ihr auf. „Wahr?", fragte sie, ihr neuster Ausdruck für alles, was sie irgendwie in Frage stellte.

Kate hob den Daumen. „Wahr."

Emma kicherte und stupste ihren Bruder an, der nur missmutig knurrte. Franz war müde und für solche Scherze nicht aufgelegt.

Kate legte die Hand ganz zart auf Emmas Ärmchen.

„Aber wir müssen ganz leise sein, sonst fliegt das Christkind weg."

Die großen, dunklen Augen leuchteten zu ihr auf.

„Ja", flüsterte sie und kuschelte sich tiefer in das Polster des Wagens.

„Danke", murmelte Jasmin und Kate zwinkerte ihr zu. „Wozu gibt es denn eine Patentante?"

Inzwischen waren sie am Altmarkt angekommen, der noch etwas im Dunklen lag. Gleich würde die Pyramide und der Weihnachtsbaum beleuchtet werden und damit der Weihnachtsmarkt offiziell eröffnet.

Omar steuerte souverän den Zwillingswagen ganz nach vorn, gefolgt von Jasmin, Kate und Mike.

Es gab zwar ein paar leise Proteste, aber immer, wenn sich Omar mit seiner imposanten Erscheinung nach den Betroffenen umwandte, sagte niemand mehr etwas.

Der Oberbürgermeister sprach ein paar Worte und dann verkündete das Christkind, unter dem lauten Jauchzen von Emma, den Weihnachtsmarkt als eröffnet.

Sogar Franz ließ sich zu einem „Och", hinreißen, als der Weihnachtsbaum funkelte und sich die Pyramide zu drehen begann.

„Guck mal Mutti, da ist ja der Weihnachtsmann", rief ein Kind aus der zweiten Reihe und Kate folgte mit ihren Blicken dem ausgestreckten Finger des Jungen.

Auch Mike, der direkt neben Kate stand, sah jetzt von seinem Smartphone auf und folgte dem Blick seiner Frau, die neben ihm plötzlich ihre Körperhaltung veränderte.

„Mist", sagte sie leise, aber hörbar und sprintete los.

Der große Stromverteilerkasten war direkt vor ihr und ein Securitymitarbeiter stand unmittelbar daneben. „Abschalten, sofort abschalten", schrie sie den Mann an, der sie völlig verdutzt anstarrte.

„Hauptkommissar Köhler, Kripo Plauen. Schalten sie die Pyramide ab."

Mike war neben ihr aufgetaucht und hielt dem Mann seinen Dienstausweis unter die Nase.

Dieser stieß die Luft aus, stammelte etwas und fuhr zusammen, als Kate ihn anbrüllte „Ausschalten, verdammt noch mal."

„Ist ja gut", brummte er und kam endlich der Aufforderung nach.

Zu spät. Eine Frau schrie völlig hysterisch auf und ein Mann rief, indem er auf den Weihnachtsmann zeigte, der zusammengesunken an einer Holzfigur lehnte: „Du Sau, der is' tot."

„Manchmal frage ich mich, warum das immer uns treffen muss", murmelte Jasmin, der Omar schweigend den Kinderwagen in die Hand gedrückt hatte und auf die Pyramide zu rannte.